ボートと鏡

内村薫風

新潮社

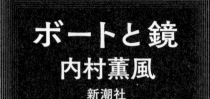

ボートと鏡▼目次

ボートと鏡

ボート

父は常に険しい顔をしていた。眉が力こぶを作るかのように盛り上がり、顔の上半分が常にボディビルのポージングをしているようだ。修学旅行の際に金剛力士像を見た時はそっくりだった。別段、恐ろしい厳格な父親ではなかった。争いごとは好まず、感情的な言動を見せることもほぼなく、美術館巡りを楽しみ、喫茶店経営でも常連客の聞き役に回ることが多く、母の批判や非難、言葉の集中砲火を黙ってやり過ごすような人だ。

父の金剛力士像似の顔付きは不機嫌や怒りのせいではない。頭痛だ。ある時期から偏頭痛に悩まされていたらしく、むしろ痛みがないほうが珍しいのだと話してくれたこともある。

——停戦が滅多にない紛争地域のよう。

父がそう言った時、紛争地域で人生をもみくちゃにされている人々とただの頭痛とを一緒にするのは不謹慎だとたしなめた。今から考えれば父にとって頭痛は、まさに人生を削り取り、苦しめる戦争に近かったのだろう。

三十歳で商社を辞めた父は知人から受け継ぐ形で喫茶店をはじめた。良いとは言い難い立地条件で——前オーナーも儲からないがために閉店したのだ——鬼の形相をした店主がいる店が長続きするはずがないと母ですら思っていたらしいが、結果的には細々と四十年以上続いたことになる。

店のドアには小さな貼り紙があり、それが功を奏したのかもしれない。

店主の顔が怖いのは頭痛が原因で機嫌が悪いわけではありません。

――人相が悪いのは頭痛のせいだと分かれば、常連客になってくれた。理由が分かれば人は安心する。

店で一緒に働く母のコミュニケーション能力が高く、金剛力士像の顔による緊張感をうまく緩和させていたのだろうと私は思うが、それを言うと父が、いつだって誉められるのは母さんだよと子供のように落胆する――母は母でわたしのおかげだと鼻を膨らませる――ため、なるべく口には出さないようにした。

四十歳を過ぎたころ、ちょっとした縁から、書いた小説を念願の文芸誌に載せてもらうことが叶った私に父が言ったことがある。

――阿吽《あうん》の呼吸の阿形と吽形というのがあるだろ。阿は、物事の始まりを意味しているんだ。吽がおしまいだ。

――それが？

――お話をどこから始めていいか分からない時は、阿形から始めればいい。

偶然にも、金剛力士像の話から書きはじめることになったのは推敲中に気づいた。

父は今年の春に肺がんの転移が首から肩のあたりのリンパ節に見つかり、それから二ヵ月後に亡くなった。その二ヵ月のことを私はこの小説で書こうとしているのだが——結果的に書かない可能性もある——転移があったということはもともとの癌があったというわけで、阿吽の「阿」としては、原発《げんぱつ》性の肺がんが見つかった二年前のことを書く必要がある。

きっかけはやはり頭痛だった。年末だというのに割れるような激痛をどうにもすることができず、閃輝《せんき》暗点《あんてん》があったため恒例の偏頭痛だと確信して「常備薬」を飲めば大丈夫だろうと軽く考えていたところまったく良くならず、いつものパターンが通用しない時ほど人は焦るのだろう、家の近くの総合病院に駆け込んだ。が、これまで原因不明だった頭痛の原因がそこで突如として分かるわけがなく、馴染みの薬を処方されるだけで、そのことに嫌気が差したために父はいつになく粘り腰で、

——原因を調べてほしい。医者ならできるだろう。

と頼んだのだという。強い口調だったのか懇願するようだったのか。金剛力士顔に効果があったのかもしれない。医師はやぶれかぶれ的に、

——ＣＴでも撮ってみますか。

と全身の検査をした。父はこれまでの人生で何度もＣＴ検査を受けてきたが、結局、頭痛の原因は明らかになったことがない。今度も間違いなく空振りだろうとはなから期待していなかったらしく、確かにそれは頭痛に関して言えば正解だったが、ついでのように肺がんが見つか

った。

――これは気になりますね。

白い部分を指差した医師は父に説明をし、年明けにもう一度、専門の医師に確認をしてもらいましょうと言った。

――先生は専門の医師ではないんですか。

――ええ、専門の医師に判断してもらったほうがいいでしょう。

母から一人息子の私に連絡が来たのは、その後だった。

――もしかするとお父さん、肺がんかもしれないんだって。

その頃、私は小学生の息子、英世《ひでよ》が感染したコロナウィルスが妻の茜《あかね》にもうつり、ドメスティックパンデミックに疲弊していたため、

――どうしてこんな時に。面倒だな。

と口に出していた。

――そんなこと言わないで。でも、毎年それなりに検査していたのにね。煙草だって、あなたが生まれた時にやめたんだから。それなのに肺がんだなんて。だけど初期じゃないかな。

――自覚症状がない時にたまたま見つかったということは早期発見だから、期待したいよね。

親父はどんな感じ？

――俺が治してほしいのは癌じゃなくて頭痛なんだ、って言ってる。

年が明け、父は母を連れて病院に行き、専門の医師の診断を受けてきた。私はカウンセリングの仕事が詰まっており、実家の埼玉に戻ることができなかったものの医師の説明は聞いておきたかった。父と母は喫茶店経営を続けているせいか、七十代前半とはいえそれなりに頭脳もしっかりしていたが、焦りや緊張、恐怖が論理的思考や記憶の足を引っ張るのは、私が常日頃仕事で相対しているスポーツ選手を見ていても間違いない。

だから、スマホの機能を使い、医師の喋った内容を録音してくれないかと頼んだ。

ちなみに、母の使用しているスマホは高齢者向けを謳っているが、私からすれば高齢者向けとは思えないほど操作が難しい。電源ボタンを長押しすると機内モードに――厳密にはもうワンタップ必要ではあるが――切り替わるのだ。通常の押し方と長押しの使い分けを老人が容易にできると思っているのだろうか、この機能をつけた人物に高齢の親はいなかったのかと追及したい。高齢者スマホの仕様決定会議の模様を見せてほしいと本当に思う。

話が逸れた。とにかく母はその、高齢者向けとは思えない高齢者スマホを使い、うまくやれるかどうか分からないが録音してみる、と請け合ってくれた。ただし結果から言えば、うまくはやれなかった。

――私が信用できないと言うのか。

医師が怒ったのだという。そのことを知ったのは手術のずっとあと、一年も過ぎた頃だった。もし事前に分かっていたら、私は別の病院に父を連れて行っただろう。

副院長の肩書を持つその医師は、萎縮した母を見て、さすがに悪いと感じたのか、もしくはもともと何も考えていないのか、そのあとの説明をする時は穏やかな態度だったらしい。

――早期発見でしたよ。ステージ1です。良かったですね。私はここの副院長で、ネット検索してもらえれば分かりますが、肺がんに関するロボット手術の実績は確かですから、任せてもらえれば完膚なきまでに切除できますよ。

父も母も自信満々の副院長が頼もしく感じられたのか手術を決めてきた。

――完膚なきまでに、の使い方が気になったけれどな。

後日、父は暢気《のんき》にそんなことを口にして笑っていたが、私はその副院長に対する嫌悪感を拭えないまま今に至る。


副院長はロボット手術を終えたあと母には、

――これで大丈夫ですよ。九十歳まで生きるんじゃないですか。

と快活に言い放ったようだ。この時も私は仕事のためにその場にいなかった。思えば副院長には一度も会っていない。彼の実在を疑ってもいいかもしれない。

実際には父はその二年後、つまり今年、転移が見つかり、九十歳はおろか七十五歳を迎える前に亡くなったのだが、もちろん二年前は、その未来など想像しておらず、父と母はひたすら副院長に感謝していた。

――内視鏡手術でしたからね。すぐ退院できますよ。

副院長はそうも言ったらしいが、それも事実とは反する結果になった。父の熱がなかなか下がらないため、すぐには退院できなかったのだ。副院長の「発言の逆逆《ぎゃくぎゃく》」が現実になっていくことに呆れるばかりだが、騒動が起きたのはその期間だ。

熱があるとはいえ、父の具合は悪くなかったらしく、体調不良でもないのに大部屋のベッドで大人しくしていなければならず、暇を持て余していたのだろう、いつになく私にＬＩＮＥを送ってくるようになった。一人きりで大部屋に寝る父を思い浮かべると不憫に感じられ、カウンセリングの仕事の合間を見つけては返信を打ち、やり取りをした。父は、孫――私の息子の英世――のコロナウィルス感染のことを気にかけてくれた。「英世君と茜さんは大丈夫か」

「二人とも症状はだいぶ楽になったが、学校に行けないので大変だよ」

「おまえの仕事はどうなのだ」

「どうにかこうにか迷惑をかけないようにやっているよ」

「最近は小説は書かないのか」

「忙しいからね」

盛り上がりに欠けた、ＡＩを相手にしているかのようなＬＩＮＥのやり取り――ＡＩならば盛り上がるようにもう少し工夫を凝らすかもしれない――が続いた。

二日ほど経ったところで、急に父から電話の着信があった。

大部屋のほかの入院患者を気にして、入院後からそれまでＬＩＮＥ一辺倒だったのが、どうして突然、電話をかけたくなったのか理由が分からず、何かトラブルでも発生したのではないかと焦った。

――親父、どうしたの。何かあった？

――今日ついに、あいつがうちに来たぞ。

父の声なのは間違いなかったが、言葉の意味は分からなかった。

――あいつって誰。

――伝説の右《う》腕《わん》だよ。

――え、何？　右腕？

伝説の右腕と言われて頭に浮かぶのは、野球の投手――「伝説」というからには名の知れたプロ野球選手だろうが――もちろん思い当たる人物はいない。そもそもが時節柄、母ですら見舞いに行けていないのだから、いくら「伝説」であろうと右腕が父のところを訪れるわけがなかった。ナショナルボールのことが頭をかすめもした。

――甲子園を沸かしたあの右腕だよ。

――親父、待ってくれ。何の話だ。

――だけどな、おまえ、国会中継を観てるか？

――中継？　野球じゃなくて？

――やっぱり見つかったたな。あいつら隠してたけど。

――何？

――裏金だよ。あいつらとうとうばれたなあ。

このあたりで私はおかしさに勘づく。おまえは誰だ。言葉は交わせているし、文章も口にしているものの内容の辻褄が合わない。父のスマートフォンと父の声を使ってはいるが、まったくの別の存在、異星人のような者がそれらしい会話をしてきているのではないかと疑いたくなった。さすがにそれはないか。父のいたずらかもしくは特殊詐欺グループによる芝居ではないか。それもないか。

――親父、俺が誰か分かる？

恐る恐る訊ねた。

――分からない！

小学生でも発しないような快活な答えに、またしても私は、外見は人間／中身は宇宙人《エイリアン》の存在を想像する。俗に言う「不気味の谷」とは実はこのこと、視覚だけではなく聴覚によっても感じるものかもしれないと思った。

分からない！　もう一度言ったかと思うと、父は通話を勝手に終えた。

――もしもしもしもし。

呼びかけるが反応はなかった。すぐに父に電話を掛け直してもコール音が延々と聞こえてくるだけで一向に出る気配はなく、どうしたものかと数秒悩んだ後で実家にいるはずの母の電話を鳴らした。母も父の状況は、時折届くＬＩＮＥによる文章で把握しているだけだ。父から謎めいた電話がかかってきたことを説明すると、しばし無言の間があった。

――せん妄かもね。

私の頭に真っ先に浮かんだのは「繊毛」の漢字だったが、間違いだった。

――田尾《たお》さんが言ってたの。今思い出した。旦那さんが前に入院した時、そうなっちゃったって。高齢者に多いんだってよ。お父さん、昨日とか、時間が経つのが遅くて眠れないとかよく分からないＬＩＮＥを送ってきていたから、少しずつ迷い込んでいたのかもね。

迷い込む？　どこにだ。

――病院の人は慣れてるんじゃないの。

母は比較的落ち着き払っていたが私が聞いた「伝説の右腕」、政治家の「裏金」といった言葉を耳にするとさすがに当惑したようで、電話越しながら青褪めているのが伝わってきた。

――だけど伝説の右腕ってどこから出てきたの。お父さん、大谷の試合とか甲子園の試合、観るの好きだから、そのせいかしら。

――可能性は高いよね。

――あれかな、お父さんが前から言ってたスポーツの。

――ナショナルボール？

——そのピッチャーじゃないの。

——どちらにせよ、妄想には変わらないけれど。

——田尾さんのところはせん妄で、シモネタとか下品なギャグを口にしちゃっていたらしいから。まあそれだって責められることじゃないけどね。脳が少し混乱しちゃってるんだから。

——だろうね。

——それに比べれば、政治の裏金なんて良い話じゃないの。

母が深刻さを滲ませないため、私は非常に心強く感じたが、のちに聞いたところやはり精神的には相当追い込まれていたらしい。見舞いに行けないがために状況がつかめず、父がいったい病室で何をやらかしているのか、誰かに迷惑をかけているのか、父自身が怪我を負ってはいないかと心配が心配を膨らませるような状況で、いても立ってもいられなかったのだと父が退院したころに教えてくれた。

——だって、あの時のお父さん、深夜に点滴抜いて病院を徘徊したりしていたんだってよ。手にグローブみたいなやつ？　あれをつけて拘束をしていいですかって病院から確認が来たの。ほんと怖かったんだから。

人間の体、脳とは不思議なもので退院時には父の頭はもとに戻った。しかも、せん妄状態中の記憶はまったくないようだった。肺がんの早期発見で内視鏡手術による切除が終わり、ほっとしているだけだ。

――あとで看護師さんに訊いたら、「内村さん、夜中に、徘徊徘徊、と口ずさむようにしながら徘徊していましたよ」って言われちゃった。

母が教えてくれて私は呆れた。メタ的なギャグだとすれば意外に高度だとも思った。

――眠れていますか。

いつも通りその質問から始める。睡眠の時間や質こそが人間の健康状態を計る指標になるのは明らかだ。睡眠不足は人間の脳のバランスを崩す。軽度のうつ状態の人にはまずたっぷりと睡眠を取ることを勧める。それにより、身心の調子が回復することは少なくない。

ただ、たっぷりと眠ること自体が難しいのも事実だ。

過酷な勤務を強いられている人はそもそも睡眠時間を確保することができず、過剰なストレスを受けて生活をしている人はなかなか寝付くことができない。生活を立て直すためには良質な睡眠が必要だが、その良質な睡眠を取るには正常な生活が必要、というジレンマは、登記するためには本社住所が必要だが本社住所となる物件を借りるためには登記が必要、というジレンマとも似ている。

――あまり眠れません。内村さんにおすすめされたストレッチをやってみてはいるんですが。

――こんなことを言うのも何ですが、代々木《よよぎ》さんの置かれている状況はほとんどの人間が体験しないものですから、精神状態が落ち着かないのも無理はありません。

スポーツの日本代表になるかならないかの立場になれるのは、一握りの人間だけだ。その一握りの人間だけが、試合結果に一喜一憂する国民の反応の重さを味わう。

――自分にがっかりしています。昔は、プレッシャーで縮み上がっているアスリートのことを下に見ていたんですよ。

――プレッシャーで縮み上がるのは人間としては、正常に機能している証拠とも言えますよ。日常と違う場面に遭遇した時、緊張を覚えるのは正常な反応です。

――正常と言われても慰められないですよ。

代々木和彦《かずひこ》――さすがに本名を記すのは支障があるから仮名を用いる――の笑顔を観察する。一ヵ月前に私のこのカウンセリングルームに来た時よりは強張りが減っているように見える。瞼も軽くなり目にも生気が戻っていた。

臨床心理学やスポーツ心理学を学び、運動選手のメンタルトレーナーをやるようになり、十五年が経つ。

学生時代は英文学科で、メルヴィルの作品を読み、バートルビーの決め台詞を日常生活でも使うような、痛々しい自称文学好きだったが、ネット掲示板に訳知り顔で自分の「読み」を書き込んだところ、こてんぱんに否定され、自らの無知が恥ずかしくなり、それを契機に心理学に関心を抱きはじめ――別の分野に飛び込むことで恥をなかったことにしようとしたのだ――結果的には相性が良かったのか仕事にまで結びつき、いくつかの縁と幸運のおかげで就職口も得られた。

高校時代まで野球をやっていたとはいえ、下手の横好きに近く、自分がスポーツに関わる職業につくことなど想像もしていなかった。

――基本的には脳を騙すしかないんですよね。

私が言うと彼の顔に険が浮かぶ。騙すという言葉にネガティブな印象を感じたからだろう。文脈ではなく単語に反応するタイプなのだ。

――緊張する場面ではないと脳に勘違いさせるんです。ただ、それもなかなか難しいです。どんなスーパースターも大舞台に立てば、いつもと違うプレッシャーを感じます。

――どうしたらいいのか。昔はよく、練習を死ぬほどやれば、それだけ本番でも緊張しないと信じていたんですが。

二〇二二年のカタールでのサッカーW杯を思い出す。スペイン代表を率いるルイス・エンリケ監督は決勝トーナメントの始まる前、取材陣にPK戦に対する自信を見せた。曰く、代表選手にはこの一年、所属クラブで最低千本のPKを練習するようにと伝えてきた。プレッシャーと緊張のトレーニングはできないが、うまく対処できるはずだ。

どうなったか。決勝トーナメント一回戦でモロッコと対戦し、スコアレスのままPK戦に入り、三人がPKを外して負けた。千本のPK練習は――選手それぞれの人生には何らかの意味があったかもしれないが――結果には結びつかなかった。

――代々木さんが今、町内対抗のサッカー大会に出たら緊張しませんよね？

――町内対抗、あるんですか。

――あったら、です。間違いなく緊張しませんよね。余裕があります。だけど一般の人でサッカー初心者なら、町内対抗でも倒れんばかりに緊張する人はいるかもしれません。

――ですかね。

良い譬《たと》え話ではなかった。別の話題を探す。

筋肉やタイム、技の切れ具合や得点といったものは目に見えるがメンタルは目に見えない。精神面のサポートと言われたところで、ぴんと来ない選手は多かった。昔ながらの根性主義は廃《すた》れてきているとはいえ、我慢と根性と気迫でどうにかなるのではないかと信じている選手は少なくない。精神の腕立て伏せはできず、メンタルでベンチプレスはやれないといったもどかしさは感じている。

――代々木さんの不安を話してもらってもいいですか。

実際のところ、人は喋ることでストレスが発散される。誰かに自分の考えを反論なく聞いてもらえることは、性行為の快楽よりも上だという人もいるらしい。メンタルトレーニングの教本に興味深いエピソードが書かれていた。とある選手が悲観的な言葉しか口にしないため、そのたびに前向きな気持ちにさせようと腐心したものの、結局、彼からポジティブな言葉は引き出せなかった。が、試合では結果を残した。そこで著者は気づく。ネガティブな言葉を口に出すこと自体が彼の心を整えていたのだと。ネガティブな言動を正すことが目的ではない。あくまでも本人が精神的な落ち着きを得られれば、それが正しい対応なのだ。

――来月からいよいよ合同練習が始まります。海外組も来るのでアピールしないと。

「いよいよ」「しないと」といった言葉は好ましくなかった。自覚はないようだが、重圧をかける呪文を自ら唱えているようなものだ。

――何をやろうと結果は決まっている。そう思ったほうが楽になったりしますか？

――内村さん、どういう意味ですか。

――アピールしようが何をしようが、結果は決まっているんです。頑張ろうが何をしようが。だとすれば緊張するのも馬鹿らしいと感じられるのではないでしょうか。

言葉足らずだった。そもそも考えがまとまっていなかった。

彼は少し不満げな表情を残し、帰っていった。私は精神面のかかりつけ医のようなものであるから、契約関係でもなく、急にここに来なくなる選手も少なくない。別のいいカウンセラーを見つけた場合もあれば、カウンセリングが有益とは思えず独力で乗り越えることに決めた場合もある。

幹の太さはまちまちの、樹々が乱立する公園で、久しぶりに松村さんと会った。木が茂らせた葉が日除けとなり、周囲はかなり薄暗かったがすぐ近くに流れる川のあたりはずいぶん明るく、葉も黄金色――黄金は言い過ぎでも実際それほどの輝きがある――に見え、晴れやかだった。鳥が短い声を立て頭上を飛んでいく。

草に寝そべりながらも上半身を起き上がらせた松村さんはステッキを持つ手とは反対の手で私を指差し、

――お仕事、お忙しいですか？

と訊ねてきた。社交辞令的な挨拶に近いのだとは分かる。私は尻を地面につけ、右手を後ろにつっかい棒のようにして体を起こしていた。

――最近は何か書いていますか。

――それがさっぱり。

――やっぱり本業が忙しいですか。

松村さんは、私の素性を――仕事柄、関係者に「小説を書いている」ことを知られるのはプラスではないと判断した結果、匿名作家で行くことにしただけで「素性」などともったいをつけるほどのものではないが――知っている、数少ない人のうちの一人だった。噂話のような形で漏れ伝わっている可能性はあるだろうが、少なくとも私が知る「私の素性を知る人物」は新潮社の松村さんと編集長の矢野さんだけだ。

――仕事も家族との時間も忙しいといえば忙しいのですが、それよりも。

それよりも書きたいものがないんです。言いかけたが止めた。小説の打ち合わせの場で、書きたいものがないと打ち明けるのは最も恥ずかしいことの一つに思えた。だったら書かなければいい。書きたいものができたらまた来てね。そういう話だ。つまり私はそこで、

――書きたいものが見つかったらまた書きますので、その時は読んでもらえると嬉しいです。

と立ち去るべきだったのだろう。都合よくというべきか、まさにすぐ横に川が流れているのだから――文字通り――そこで顔を洗って出直してきても良かったかもしれない。視線を向けると、白のワンピース一枚で水浴びをしている女性が腰を折り、優雅に川面をその水面を剝がすかのような仕草で撫でている。反対側に身をひねったところには、どこからやってきたのか土色の蛙が――眠っているのか思案しているのか――うずくまっていた。

――それよりも、実家の父のことでバタバタとしておりまして。

嘘ではなかった。「書きたいものがない」が一番の理由ではあるが、次点は「父の転移癌」問題だ。嘘ではなく事実だと強調したいからか、言わなくてもいい父の病状についても具体的に話した。

――それは大変ではないですか。

松村さんは居住まいを正し、もともと私たち二人は、ピクニックさながら草むらの上で向き合って寝転んでいたため、居住まいも何もなかったのかもしれないが、体勢を立て直した。親身になりご自分の実家の話を絡めて心配してくれる。

――父は死にたがっていまして。

――自殺願望や希死念慮というやつですか。

同じと言えば同じですし、違うと言えば違うようなと説明に困る。そうこうしているうちに、どこからか歩いてきた女性が私の横に腰を下ろしたものだから、そちらも気になる。どさっと音がし、何事かと視線をやるとその女性が果物の入ったバスケットを置いたところだ。

――あの、今話が聞こえたんですけれど。

女性は思ったよりもすぐ近く、私のそばにいた。薄い青色の服を着ている。髪は後ろで結っているからか額が全部見えている。眉が薄く、鼻筋が通っており、強いて言えば四角い輪郭の、私の先入観と浅い知識で決めつけてしまうのは怖いが「西洋人」だった。日本語も上手で、ここで待ち合わせをしていた知り合いであったかのように、気さくに話しかけてくる。

――死にたがっている話をしていませんでしたか。

松村さんと顔を見合わせる。話が聞かれていたことが恐ろしかった上に、悪びれもなく話してくる彼女がさらに恐ろしく、効果《SE》音がないだけで恐怖映画の一場面に参加しているのではと疑いたくなった。こちらが無言でいると、

――私、すい臓がんで。

と言ってくる。唐突に魔術を使われたかのように私の体は固まった。「がん」の恐怖が我々には刷り込まれているのか、頭で理解するより前に本能的な恐怖を感じた。

――余命半年と言われたんです。次にする質問は、私の年齢ですよね。みんなだいたい訊いて

くるから。四十歳になったばかりです。日本にいる姉に会いに来たんですよ。明日、オランダに帰るんです。

壊れたＳｉｒｉのように回答を続けてくる。

――オランダでの安楽死の手続きは終わりました。条件をクリアしましたので、再来月にお別れです。

余命半年のすい臓がんの人間にしては元気そうに見えたが私は専門家ではない。彼女が不謹慎な嘘をつくメリットも感じられない。

――ええと自由にしていいですか。

もごもごと言葉を濁している私たちの横で、彼女は衣服を脱ぎ始めて全裸となるものだから慌てて目を逸らし、大して実のないどうでもいい話題を松村さんにそぞろに投げかけはじめる。

二年前の父の肺がんロボット手術以降、コロナウィルスの感染状況は一向に良くならず、私は自分の家のこと――茜の職場で起きたパワハラ上司の問題や、英世の小学校で起きた窃盗事件――で心の余裕がなかったため、下手に会って感染させたくないからという大義名分を掲げ、実家に帰っていなかった。「名医」副院長による、九十歳まで生きるんじゃないですか宣言を信じて安心しきっていたところもある。

時折、母からは、

——お父さんがお店でもずっと不機嫌そうにしていて、客に申し訳なくてね。もうやんなっちゃう。

と嘆きの電話がかかってくることはあった。

——頭痛でしょ。いつものことじゃないか。

——だったら家で寝てればいいのに。わざわざお店に来て、あんな顔されてたら嫌がらせだよ。

敵は本能寺にあり。

——喉元過ぎれば熱さ忘れる。

——何言ってんの。

——二年前の手術の前は、親父が死んじゃうんじゃないかってあんなにおろおろしていたじゃないか。

ステージ1だったとはいえ、父に癌が見つかるとは思ってもいなかったからだろう、落ち着き払っているように見えた母も、手術直前は感情的になり、病室の前で副院長に泣きながら、

——あの人は大事な人なのでよろしくお願いいたします。

と頭を下げたらしい。パニック状態だったのは間違いない。心配や不安、父に万が一のことがあった場合の想像などで脳内のホルモンの種類や量に変動があり、ある種の奔流を起こしていたのかもしれない。とはいえ彼女の言葉がまったくの嘘だったわけではなく、奔流の中から飛び出した本音の一つではあったはずだ。そして手術が無事に終わり、せん妄騒動の後で退院

した時も、

——良かった本当に良かった。お父さんがいなくなったらどうしようかと思った。

としみじみと洩らしていた。それがどうだ。二年経った今、その時の気持ちはどこへやら、父の存在をこれほど迷惑がっているのだからやはり人の脳とは不思議なものだ。

——親父にとっては自分のお店だし、お店にいたいんだろうね。

——家でもずっと不機嫌な顔で呻いているんだよ。わたしは昔のおまえの部屋で寝てるんだけど、聞こえてくるんだから声が。頭が痛い頭が痛い、どうにかしてくれ、死にたい死にたいって。

——昔からそれよく言うよね。

——あれってどう思う？　もっと大変な人だっているだろうに、ひどい話だよね。生きたくても生きられない人もいるというのに。

その点は同感だった。父は昔から、特に六十代後半になってからしきりに、

——死にたくても死ねない。

と言うようになった。人生の大半の時間、頭痛に悩まされている父の苦痛に関しては理解できていない。子供のころから、あまりの頭痛に嘔吐する姿や、せっかくの家族旅行の先で寝込んでいるのもよく見てきたし、時折、痛みのない日が続くと、安らぎや寛容に満ちた仏様みたいな顔つきになり、奇跡を目の当たりにしたように、

――健康って素晴らしいな。

とうっとりするように言っているから同情心は抱いていた。「死にたくなるほどつらい」と父が感じるのは仕方がないとは思ったが、一方で母が言うように、もっと重い病に耐えている人のことを考えると不快感も覚えた。私が面会するスポーツ選手――重責と不安を抱え、悲壮感を滲ませている彼ら――と比較してしまうところもある。そういった人たちに比べればマシではないか。贅沢を言うなと言って聞かせたくなる。

母のストレスを緩和させたい一心で私は父に電話をかけた。すると案の定、もう死にたいのだと嘆くものだから、私はむっとして言い返した。具体的な言葉は覚えていないが、死にたいなどと安易に洩らすものではないと反省をうながした。

――賢一の言いたいことは分かる。

父は怒って言い返すわけではなく、意気投合し肩を組むかのように口角を少しだけ上げた。

電話をかけたにもかかわらず、父の口元など見えるわけがないから、この場面は電話ではなく、実家で父と実際に向き合って話をした時のものだろうか。もしくは頭の中で父の表情を想像しただけだろうか。このあたりはうろ覚えだが、こうしてその場面を描くことで現実として確定するところもある。書かれたものが現実だ。

――分かるよ。もっと大変な人はたくさんいる。大変という言葉を辞書で引いたことがあるか？　作家は何でも辞書を引くんじゃないのか。大変とは「苦労などが並々でないこと。また、そのさま」とあるよ。死んだほうがマシだと願いたくなるような大変な人生を送っている人がたくさんいる。そのことはもちろん承知だ。

——なのにどうして。

——賢一、教えてほしいんだが、いつどうやって死ぬかを自分が決めたらどうしていけないんだ。

——何言ってるの。

——そういう時代ならまだ分かるぞ。国や支配者のために、命とか人生を捧げなくちゃいけないとか。実は俺たちは宇宙人の電池になるから、死んでもらったら困るとか。それなら、勝手に死んでもらったら困るのは分かる。ただ、今のこの社会は少なくともこの国ではそうじゃないだろ。一応、個人の意思が尊重されている。尊重されない場面は多々あるかもしれないが「個人の意思を尊重する」という表現は悪い意味では使われない。「個人の意思を尊重したほうがいいですか？」と問われれば、ほぼ間違いなく「そりゃもちろんそのほうがいいですよね」と多くの人が答える。

——宇宙人の電池？

——就職も結婚も趣味も、誰かから押し付けられるものではない。個人の意思が尊重されるべきだ。死にたい人が死んで、何がいけない。なぜ尊重されない。

——法律の範囲内でだよ。他人に迷惑をかけない限りにおいて、だ。

——人が死ぬのは、迷惑なのか？

——もちろんそうでしょ。

私は言いかけたが、言葉をすぐには続けられなかった。人の死がすなわち迷惑と断定して良いものなのか判断がつかない。誰もが百パーセント死ぬ。

——もちろん俺がビルから飛び降りたり、電車に飛び込んだりすれば迷惑はかかる。多くの人にも、おまえや母さんにも。けどな、もし万が一、眠りながら楽に命を終えられる薬や装置があったとして、それを利用して死ぬことの何がいけないんだ。

——そりゃあまあ。残された人の気持ちを考えてみてよ。病気や事故ならまだしも、突然、家族に死なれるなんて。

——言わんとすることは分かる。俺だって、母さんやおまえが急に死んだら途方に暮れる。悲しいだろうし寂しいだろう。ただ、それはそれで勝手だと思わないか。

——勝手とは。

——自分たちが悲しいから、おまえは病死するか事故死になるまで苦痛を感じ続けろ、と言ってるようなものじゃないか。拷問だよ。もっと言えば、楽に死ぬな、苦しんで死ね、だ。

——そんな。

——そんなつもりがないのは分かってる。ただ、状況としてはそうだろ。

拷問をしている自覚などなかった。たぶん自分の人生においてもっともやりたくないことの一つが、誰かを拷問することだ。

――これほど人権についてみんなが考える時代になっているにもかかわらず、死ぬことに関しては自己決定権が奪われている。

――生まれてくることもだけど。

父は笑った。

――死ぬことは良くない。たぶん人間に刷り込まれているんじゃないか。道徳とか倫理と言うと、人間が後から作ったものに思えるけどな。逆なんだろう。他人を殺しちゃいけない。自殺したらいけない。どんなにつらくても生きなさい。それはもともと人間という生き物に組み込まれていて、後から、理由をつけるために道徳や宗教や法律ができた。俺はそう思いはじめてきた。おまえがそうやって、死ぬのは良くないことだと思うのも、生き物としてそういう考え方がベースにあるからだ。だから一度、その刷り込みから抜け出してくれ。俺はやりたいことはやった。思い残すこともない。もう死んでもいい。むしろ、このまま生き続けるほうがつらい。それでも生きろ、と強制するのはなぜだ。

――強制しているわけじゃない。ただ、死ぬのは最悪のことじゃないか。

――痛みに耐えて、死にたいと思って毎日を過ごしていることよりか？　俺は別に、死にたい人間はみんな死んでいいと言いたいわけではないんだぞ。

——そうなの？

——ストレスで思考能力が落ちて、緊急装置が作動して死にたくなる人もいるだろう。働き過ぎたり追い込まれたりしてな。それはどうにか止めたいと俺も思う。だって、環境を変えて、投薬すればもしかすると死にたくなくなる可能性があるからな。むやみに死なせちゃいけない。俺が主張するのはそれとは違う。もう人生が完結したと冷静に判断できた人間の場合だ。俺はずっとそのことを考えているんだ。軽々しく否定しなくてもいいだろ。

——軽々しく否定しているつもりはないよ。

——ドリオンのピルってのがあってな。

——誰の何？

——この本に書いてあったんだ。

後ろの棚から父が取り出したのは『生きるための安楽死』とタイトルにある本だ。

——あ。

——うん？　どうかしたか。

私はそこで先日、川のほとり、草むらで編集者と話していたところ、突如として現れたオランダ人女性が、末期のすい臓がんで安楽死をする予定なのだと話した。

父の眉間のふくらみが和らぎ、すっと皺が消えたように見えた。

——偶然だな。

——スーパーマンの「S」みたいな。

クリプトン星で「希望」を意味するマークが、地球上ではたまたま「S」と同じ形だったという偶然話は父が気に入っていた。

——丁字路とT字路のような。

オランダ人女性とは連絡先を交換していた。ロッテと名乗った彼女が、どうして私と松村さんに親しみを覚えてくれたのかは分からなかったが、余命半年の中、出会うものすべてが縁と感じているのだろうか、「その日」が来るまでにリモートで会いましょうねと当然の予定のように言い、メールアドレスを記した紙を寄越してきたのだ。

——それで、その本がどうかしたのか。

——三十年ほど前、オランダの元最高裁判事のドリオンが言ったんだよ。「多くの高齢者にとって、彼ら自身が最適と思うときに、受容できる形でこの世から去ることのできるピルを入手できるとすれば、それは至福以外の何ものでもないと私は信じて疑わない」

父は該当箇所を音読する。

——今なら炎上しそうだ。そんな薬があるの？

——具体的なピルを指しているわけじゃないだろうな。ただ、死にたい時にはいつだって苦しまずに死ねる。そういう薬がある。そう思えるだけでも気持ちが楽になる。

——そうかなあ。

――安楽死を認めている国の条件はちゃんと厳しいんだぞ。

――ちゃんと厳しいとは。

――自暴自棄になった自殺は駄目なんだ。ケアが必要な状況ではないことも確認しないといけない。

――どういう意味それ。

――自分のケアをしてくれている人に申し訳なくて、それだったらいっそのこと死んでしまおうと思う人もいる。

――気持ちは分かる。

――それは認められないんだ。安楽死は誰かのためのものじゃない。自身の人生のために選ぶ。そういうことじゃないか。それを確かめるために、対話が繰り返され、その結果、資格を得る。

――死にたいと思っている人が、対話なんてできるのかな。

言ってからはっとし、慌てて父の顔を見れば、こちらを見透かすかのように微笑んでいる。対話が成立するうちは死にたいと思うわけがない。今これだけ説明したというのに、依然としておまえはそう思い込んでいるわけだと言いたいのだろう。私も私がまだそう思い込んでいることに気づいた。

――生きていくのも大変だが、死ぬのもまた本当に大変だ。おまえももう少ししたら分かるだろうな。自分で死を選ぶにしても誰かに迷惑をかける方法しか用意されていない。乗ったはいいが降りられない。

——死にたい人が他人への迷惑を気にしてどうするんだよ。

——俺はさっきから、他人への迷惑を気にするような、ちゃんとした人間が人生を終わらせることについて、その話をしているんじゃないか。

——だったら顰蹙《ひんしゅく》を買う死に方じゃなくて誉められる死に方を選んだらどうかな。通り魔事件の犯人を取り押さえるとか。

——ほうほう。

——うまくいけば死ねる。迷惑どころか人の役に立てる。もちろん親父が死んだら俺たちは寂しいよ。でも少なくとも迷惑をかけられたとは感じないだろう。

父の表情は弱々しく歪んだ。私は自分が言い負かした形になったのかと反省しかけたが、そうではなかった。周回遅れの相手を哀れみ、相槌に困っていたのだ。

——そうか。おふくろが愚痴ってた時があったよ。去年くらいだったかな。親父が夜になると街に出かけていて心配って。

父の今度の笑みは自嘲まじりだ。

——夜な夜な探し回っていた。命がけで人を助ける機会を。酔っ払い同士が喧嘩してるから仲裁に入ってみたこともある。軽く殴られておしまいだ。痛いだけで死ぬわけでもなく、いいことなしだった。

——自警団でも結成すればいいんじゃないかな。

——それはそれで人生が始まっちゃうだろ。新番組みたいなもんだ。俺はもう終わらせたいだけだというのに。

——視聴率低下により番組を打ち切らせてもらいます、と。

——違うよ。番組の評判がいいうちに幕を引きたいんだ。人は五日間、水を飲まず食事もしなければそのまま死ねるらしいからな、試そうと思ったこともある。だけど無理なんだ。どうしたって食べてしまう。弱いもんだな。

そう言ったところで父が顔を曇らせた。眉間に皺が寄り目がぎゅっと細くなる。

——痛いの?

——常に痛い。強弱がある。さっきまでは弱で、今、強になった。頭痛だけが人生だ。

薬を飲むために父がソファから立ち上がったところで、私も実家を後にすることにした。

それにしても会場が混雑していて不快感よりも不可思議な思いのほうが強かった。シルクハットが頭から落ちるのではないかと気が気ではなかったが、前に立つ松村さんは落ち着いたものだ。満員電車のように人が立っているため、ほとんど顔と顔がくっつくかのような距離だ。仮面舞踏会と言われていたものの、ほとんどは素顔を晒し、ハットを被っている程度で、アイマスクをした女性がちらほらいるだけだった。

会場自体もずいぶん狭く、そこにぎっしりと人が集まっている。白い壁までの距離も近い。上にはバルコニーがあり、そこから見下ろす人たちもいたが脚以外は把握できなかった。

——ベラスケスが好きだったのはお父さんでしたっけ。

松村さんが、このぎゅう詰め舞踏会の場でも周りを気にせず話をしてくる。

父は美術館巡りが好きで、専門家はもちろん愛好家ともほど遠い、素人も素人、ただの絵画好きに過ぎなかったが、ベラスケスの「ラス・メニーナス」は特にお気に入りだった。スペインのプラド美術館にも母と行ったはずだ。実家のリビングの壁には大きくプリントされた「ラス・メニーナス」のポスターが貼られており、父はいつも蘊蓄《うんちく》や自分なりの「考察」を語っていた。望んだわけではなかったものの、いつのまにか私にとっては、ソウル・フードならぬソウル・絵のようなものになっていたのかもしれない。あの絵の中に入りたいと子供のころから何度も思い、もちろんそれが叶うわけがないとも知っていたのだが、十年近く前に松村さんが、

——その気持ちを小説にしたらどうですか？

とヒントをくれたことで書けたのが、「鏡」という小説だった。

——あの小説、「ラス・メニーナス」のところをひどく怒っている方がいらっしゃいましたよね。

私は思い出して、胃が締まる。小説を文芸誌に掲載してもらうことは、見ず知らずの誰かに読まれるわけで、その誰かがどう受けとめるかは、こちらがコントロールできることではない。

評価されれば嬉しいし、貶《けな》されれば悔しい気持ちにはなるが、それはそういうもの、たとえば学生時代の私も文芸誌を読んでは、

――こんなものは小説ではない。

と唾飛ばしていたのだから致し方がないとは考えていた。が、文芸誌で私の小説について語る批評家が、「ラス・メニーナス」に対する新解釈がないと憤慨していたのには驚いた。驚き、ひどく申し訳ない気持ちになってしまった。私なりの、ささやかな発見は盛り込んだつもりだったが――ほんの思いつき程度の貧しい発想！――それにしても美術に対して門外漢の私が浅い知識をもって、小説に「ラス・メニーナス」のことを書くべきではなかったのだと反省した。浅い知識をひけらかしいい気になっているニセモノほど、人を苛立たせるものはない。「鏡」には航空自衛隊が登場するからか、安保法制に絡めて批判された記憶もある。あの小説に出てくる双子の存在を疑ってほしいがために動物園の名前を「オルラ」にしたため、そのちゃちなくすぐりを批判されることは覚悟していたが、安保法制と結び付けられるとは想像もしていなかった。自分が書いたものが「ラス・メニーナス」や安保法制についての小説だとは考えていなかったものの――「ついて」の小説を書こうと思ったことがなかった――とにかく反省し、小説を書くのはやめたほうがいいと考えるようになった。

――ほかに興味のある画家はいないですか？

松村さんが言いながら、ぶつかってくる。混雑しているために人が人に当たり、ビリヤード

の球みたいに連鎖的に衝突し合うのだ。玉突き玉突きの結果、誰かが床に空いたポケットに落ちるのではないかと怖くなった。

――父はマネのことも昔から気にしていました。ただベラスケスの時とは大違い、むしろ反対で、どこが凄いのかさっぱり分からないと顔をしかめていたんです。

松村さんが笑う。

父が書棚から引っ張り出した本を開き「笛を吹く少年」を私に見せたことがある。

――この絵の何が凄いのか教えてほしい。ただのポスターのようなものだと思わないか。

と真剣な顔で言った。

――そんなこと言われても。

確かに私の目からも、少年が笛を吹くその絵は、特別なアート性を感じさせるものには見えず、このような言い方は失礼かもしれないが、絵が上手な人ならば誰にでも描けるのでは？と感じるところはあった。が、それはもちろん私が観るからであって、専門家には震えるほどの感動があるのだろう。素人は引っ込んでろという話だ。そう話すと父はさらに書棚から引っ張り出してきた図録を広げ、マネのほかの有名作品、全裸になった女性がピクニックをしている絵やセーヌ川を背景に男女が座っている絵、バーカウンターに立つスタッフがこちらを見ているだけの絵などを順番に見せた。尋常ではない混み方をしている仮面舞踏会の絵もあったはずだ。

——どこがいいんだろうか。

——上手いよね。味わいもある。臨場感というか。

——どの解説を読んでもだいたい、当時のフランスの画壇に衝撃を与えたと説明があるんだよ。マネは反逆児だったんだと。どこが反逆なんだ。どうショッキングなんだ。父のその時の眉間の皺は、例の頭痛のためではなかったが、

——長年の頭痛の種だ。

とふざけたように言ってくる。

——研究本でも読めば分かるんじゃないの。

——読んだよ。みんな大好きミシェル・フーコーも。笛を吹く少年は背景がないことが衝撃的だったんだと。あとは照明だ。全方向から光が当たってる。

——じゃあ、それが凄いんだろうね。

——垂直線と水平線のことも書いてあったな。マネの絵には縦線と横線がたくさん出てくる。確かにそうだ。だけど、だから何なんだ。別の本によると、笛を吹く少年はモデルらしいポーズを取っていないこと自体がショッキングだったらしい。だから何なんだ。浮世絵の影響と言われたところで。

——怒られるよ。親父みたいな素人がにわか知識で語ると。たぶんちゃんと分かる人には分かるんだよ。

――にわかどころか、何も知らない。だけど感想を口にするくらいはいいだろ。

父は有名な「オランピア」の絵を見せた。

――この黒猫に過激な意味があったという解説も読んだよ。俺は黒猫がここにいること自体、気づかないというのに。

――たぶん、大きいんでしょ。

――何がだ。

――絵だよ。あの鏡の絵も、マネの絵も、きっと現物はバカでかいんじゃないの？　縮小されたこんな本じゃ、良さは分からないよ。

半分は冗談だったが、もう半分は本心だった。絵画の力の何割かはその大きさにある。鑑賞者を飲み込んでくる力だ。

――知ったような口を利くものだな。

父親の悩みは息子からしたら煩わしい愚痴でしかなく、ほとんど聞き流していた。ただ、煩わしいくらいに聞かされた父の嘆きは、頭の隅に引っかかってはいたのだろう、大学に入ると私は教養課程の一環で、美術に関する講義を取った。

画家のような外見をした教授――助教授だった可能性もある――が、

――マネは。

と話し始めた時は興奮した。いよいよ、マネの凄さが詳《つまび》らかにされるのだろうと身を乗り出したが、教授の説明は具体的ではなかった。

――マネは、絵はようするに絵だ。と表現した画家でした。

絵は絵。そりゃそうだろう。馬鹿にされているのかな。トートロジーのような、そうでもないような。

――絵はしょせん絵に過ぎない。絵は絵なんです。

ますます分からなかったものの、一方で痛快な答えにも思え、実家に帰った際には父にその説明を得意げに伝えてみたのだが、すると予想以上に父は納得顔になり、ふんふんとうなずいた。

――絵は絵。なるほどな。

――意味分かるの?

――何となく、漫画っぽいなと思っていたんだよな。マネの絵は。

――漫画だなんて言ったら、誰かに怒られそうだ。

――公園にぎっしり人が詰まっていたり、銃殺がやけに至近距離だったり、変じゃないか。

――そうだったっけ。

――あの、バーの絵もやけにカウンターの女性の腕が長いんだよな。お化けみたいに。ぱっと見、違和感がないんだけどな。

父はそれ以降、マネの絵が好きになったようにも感じられた。

――面白いものだよ。マネは当時、ショッキングだった。その、絵は絵という表現がたぶん型破りだったからだろ。だけど今の俺たちから見たら普通。

――芸術というのはそういうものなのかもしれないよ。新しいものや凄いものは真似される。

――マネの真似。まーね。

――追随者が増えればそれが次のスタンダードになる。後から見れば、なんだ普通じゃないか。そうなる。

――芸術に限らないかもな。後から見ればスタンダード。電気も車も、パソコンも。

――当時からすれば過激でも今は普通。それが理想的とも言えるね。物事の考え方や制度も。

どん。後ろから見知らぬシルクハットの男がぶつかってきた。故意ではない。混んでいるだけだ。勢いで私は、前にいる松村さんをごつんと押してしまう。ぶつかりのドミノ倒しが起きたのか、遠くでポケットインの音がした。

――それなら今度は、あのバーの絵を小説にしてみたらどうですか？

松村さんが言ってくる。

――絵を小説に？

――「ラス・メニーナス」の次は、マネのあの絵にまつわる話を。

――ああ、そういう意味ですか。いや、でも、やめておきますよ。新解釈もないですし、また、浅い知識で何言ってんだと怒られるのが落ちです。ほんの思い付き程度の貧しい発想だと。

私がそう話すと松村さんは深くうなずいた。

——確かにそうです。マネの絵についての小説だと思われる可能性はありますね。

——やはりそうですか。

——仮に、書かないとは思いますが、もし内村さんが、安楽死のことを小説に書けば、安楽死の是非を問う小説だと思われるかもしれません。問題提起のための。

——そんな。

安楽死制度の不備、問題点については勉強していたが、自分の身に起きたことを書いているだけであってもそう受けとめられる可能性があるのかと私は怖くなった。

——真の作家には何も言うことなどありはしない。……ただ語り方があるのみである。

——誰の言葉ですか。

——ロブ・グリエがそう書いている、とジョン・バースが書いていますよね。だけど多くの人は何が書かれているかに注目します。

——批評家はどうでしょうか。

——批評家は音楽家で自分の楽器で旋律を奏でるのに忙しいんですよ。誰かが「白」と言い、別の誰かが「黒」と言い、残るのは額縁だけです。

——何ですかそれは。

——ゾラがそんなことを、マネを擁護する文章の中で書き残しています。そういえば、マネのピクニックの絵、「草上の昼食」で右側の男性が指差しているのを知っていますか？　指は少し不自然な角度に曲がっているんですが、その方向を辿っていくと親指の先には鳥が、人差し指の先には蛙がいます。

――鳥と蛙ですか。

――何か意味があったような気がするんですが忘れました。ただそういった仕掛けに気づく批評家もいるということです。

――私たちのいるこの場所がどこかも？

――ええ。まあそれはさておき、絵の話はやめておくとするなら、それなら、あの話を書いたらどうですか。

――あの話？

――何でしたっけ、国家間の実力行使のかわりに開催されるスポーツ。

はじめて松村さんに会った頃であるから十年以上前かもしれないが、その話をした記憶があった。覚えていてくれたのかと感動を覚えた。

――ナショナルボールのことですね。

――あれ、面白そうじゃないですか。

セカンドオピニオンのことを母はセカオピと略した。ふざけているわけではなく、ＬＩＮＥ

で入力する際に面倒だからだという。たしかに彼女の歳ではあの小さい入力欄を使い、カタカナ変換を行うだけでも重労働だから——高齢者向けスマホの開発者の顔が見たい——少しでも文字を減らしたいと感じるのは当然のことだ。しかも、オカピにも似ていてそれなりに響きが可愛らしい。

二年前、例のせん妄騒動が起きた際、父の肺がんはステージ1だった。腫瘍を取り除き、のちの検査でも異常が発見されなかったものだから、これで肺がんに関しては危機を脱したのだと勝手に思っていたのだが、実はそうではなくリンパ節に転移をしていたことが判明した。

腕が腫れて筋肉痛か何かかと思い放置していたところ、あまりに膨らむためさすがに母が気にかけ、病院で調べてもらうと腫瘍マーカーの数値が悪かった。術後の検査は定期的に行っていたものの、半年前までは大きな異常は見られず、それならば次の検査は少し間を空けて半年後にしましょうとなった矢先、監視員がその場を離れた隙を待っていたと言わんばかりに腫瘍がぐんぐん大きくなっていたらしい。ＰＥＴ検査により、リンパ節転移のステージ3と判明した。

——ちょうど良かった。

電話をすると父は言った。

——何がちょうど？

——何かないと死ねないからな。

――またそういう話なのか。

――いいから、真面目に考えてみろ。老いた時のことを。

――想像したくないよ。

――自分の人生を完結させる権利はないんだ。変だろ。人気漫画の連載ならまだしも。

――連載を引き延ばして、質が落ちた作品はあるだろうね。

――まさにそれだよ。どうなってもやめられないんだ。


――半年前の血液検査でもう少し気を付けていれば良かったです。

申し訳なさそうに言ってくれたのは、例の「名医」副院長ではなく、内科の医師だった。結局、副院長はお得意のロボット手術で腫瘍を切除し、九十歳まで生きるんじゃないですかのありがたい言葉を発しただけで、実際に転移が見つかった今も、謝罪しに現れるわけではなかった。細長い診察室に私たち家族三人が腰を下ろし、モニターにうつる父の肺の画像を見ている。医師の後ろでは看護師が慌ただしく出入りしていた。

――まあ、結果的には良かったかもしれません。

父は例によって険しい顔をしていたが、それはいつもの頭痛のために違いなく、言葉は穏やかだった。

――もし半年前に見つかっていたら、転移した癌をどうにかしようと抗がん剤治療をしていた可能性もありました。知らなかったからこそ、この半年は普通に過ごせた。

父は淡々とそう言い、強がっているのかと顔を窺ってみても、顔つきはさっぱりしていた。私は、余命を確認したほうがいいだろうかと悩んだが、果たして父の前でそれを訊いていいものかどうか決断できない。

セカンドオピニオンを受けることにしたのは母の要望からだ。あの総合病院の先生を信用していないわけではないが、別の医師からの意見も聞いておきたいではないかと言われれば、私にも異論はなかった。

――三十分で四万円くらいだろ。すごいな。破格だ。価格破壊ってやつか。

父はそうとだけ言った。確かにその料金設定にはぎょっとさせられたものの、健康保険が使えないことと、普段の医師の診察時間と対応する患者数を考えると、三十分という時間を自分たちのためだけに使ってくれるのならば、それほど法外な金額ではないのかもしれないと私は計算した。

国立がん研究センターは広く、人が溢れていた。母は別件で来られなかったため私と父の二人でやってきたのだが、多くが家族を連れ、書類を抱え、受付や会計の窓口と待合用のソファとを行ったり来たりしているのを目の当たりにすると、それだけで疲労困憊、良性のものも悪性化するような気分になった。

――ここにいる人たちのほとんどが癌の件でやってきているのだと考えると、不思議な感じがする。

――ありきたりなことを言うんだな。

私の横に座る父は静かに笑った。飛び出す機会を待っていたと言わんばかりに咳が父の喉を震わせた。

――メンタルトレーナーという仕事柄、そういう当たり障りのない会話が得意なのか。

――別にそういうわけではないし、今のが、当たり障りのない言葉だとも思っていないよ。

予約の時間を二十分ほど過ぎても番号を呼ばれることはなかったが、父は瞑想するかのように目を閉じているだけだった。私はやることもなく、スマートフォンでスポーツニュースを読んでいた。アルゼンチンで開催されたU-20ワールドカップで活躍した駒鳥進選手――これも仮名――のインタビューが掲載されている。同点で迎えた後半残り十分、怪我をした選手との交代でボランチのポジション――具体的にどういった役割なのかいまもって理解できていないのだが――を任され、こぼれ球をゴールに蹴り込んだのだ。

――緊張するのは自分で自分に期待しているからですかね。

私の前でそう言っていた彼を思い出したところで番号が呼ばれた。瞼を閉じていた父の肩を叩き、立ち上がった。

癌患者ばかりを相手にする、がんセンターの医師は、癌の転移にまつわる悲劇や患者自身やその家族の狼狽や困惑、怒りや嘆きには慣れているのだろう。強がって「効いていないアピール」をする家族に関しても見飽きているはずだ。たくさんの持ち込み原稿を読む編集者同様、相手の個性や思い入れ、人生や事情について意識を向けることなく、ただ、

――この患者はこのパターンなのだな。

と無感動に受け止める――当てはめる――だけに違いない。

私たちを迎え入れた眼鏡をかけた丸顔色白の医師は悪い人ではなさそうではあった。持参した検査結果に目を通すと父と私を交互に見る。

――二年前に切除した肺がんがここに転移しています。部位的には放射線治療はできません。検査結果によると、効果のありそうな抗がん剤はありません。

――もともと追加の治療をするつもりはないんです。

父がさばさばと答えた。それならばどうしてここに来たんですかと怒られる可能性も私の頭を過《よ》ぎったが、医師は特に不満そうな様子も見せなかった。

――痛みのできるだけない方法で、このまま死にたいんです。もう充分生きました。痛いのや苦しいのは避けたいです。

――あの。

私は口を挟んだ。父の顔を窺う。地元の病院ではためらってしまったが、余命を知っておくべきだと判断した。

――余命というのは、本人の前では言いにくいものでしょうか。

――いえ、ぜんぜん。そういったお考えであるのならばこちらはまったく。

父は関心があるのかどうか分からない表情をしている。

――むしろ、どれくらいだと捉えていますか？

そのような逆質問をしてきたのは予想外だったが、父は首をかしげた後で、

――一ヵ月から三ヵ月くらいかと。

と言った。

――いい線ですね。そのくらいです。

と医師がクイズの正解を言い渡すようにはきはきと答えた。三ヵ月後には死んでいる人を毎日のように相手する医師は、いったいどういう気持ちなのか。仕事だと割り切っているのかもしれないが、それにしても同情したくなる。

ちらっと見れば父は、特に表情を変えていない。

帰りの道中、父が私に言ったのは二点だ。

――大金を遣わせて悪かったな。

ということと、

――これで余命が三年あると言われたら、絶望だったよ。やっと死ねる。

ということだった。

父は時折、妙なアイディアを話した。

——真の「家庭の医学」を思いついた。

「家庭の医学」とは、不調の症状から該当する病気を調べる「辞書」のようなもので、実家にも一冊置かれており、私も子供の頃お腹が痛かったり頭が痛かったりした際には厚いその本をめくり胃がんや脳腫瘍の病名を発見しては青褪め、大袈裟ではなく人生が嫌になった。

——最近はWEBで調べられるからね。

——俺のは「真・家庭の医学」だから。

——真の、とは。

——これまでの人生で体験した病気をまとめようと思うんだよ。頭痛はさておき、脂っこいものを食べた後の胃酸過多だとか、風邪をひいた時の初期症状から治るまでの過程、市販薬の怖いところ、酒を飲み過ぎた時の対処法、痔のできるメカニズムと治り方、結膜炎も厄介だな。指にできるウィルス性イボのことも。

——自分の履歴書、病気バージョンみたいなものだね。

——おまえの役に立つかと思ってな。

——どういうこと。

——体質は遺伝によるものが多いんだから、俺の体験してきた病気やその対処法、失敗談は賢一、おまえの参考になるはずだ。親子の遺伝子は共通点が多いはずだろ。俺の体験談はおまえの参考になる。たぶん、英世の参考にもなるぞ。これが真の「家庭の医学」だ。家系の医学。

――母側の遺伝子もあるだろうから、どこまで参考になるか分からないけれど。

――おまえがまた修正を加えればいい。アップデートすれば。

馬鹿馬鹿しいと笑い飛ばしたものの、時間が経つと悪いアイディアではないかもしれない

――親が子供にしてあげられることは多いようでいて少ないが、父の言う「真・家庭の医学」はまだ意味がある――と思うようにはなった。

――ちなみに俺は健康の秘訣は、とどのつまり血流だと思うよ。

――何を急に。

――肩凝りも頭痛も、高血圧も目の不調も、血流が関係しているんだと睨んでいるよ、俺は。EDもそうだろ。血が流れないことには体は回復しない。ただ困ったことに、血流は意思の力ではどうにもならないんだよな。血圧、心拍数、呼吸は自律神経の管轄だ。知ってるか? 自律神経。自律しちゃってるもんだから、俺たちの命令が届かない。世の中思い通りにならないことは多くてうんざりだが、自分の身体だというのに自律神経はコントロールできない。そういう意味では、意思ってのは何なんだろうな。

――何なんだろうね。

――筋肉をつけておいたほうがいいぞ。血流に関係する。やっておいて損はない。

私の脚を指差した。

──いっそのことスポーツで決めればいいのにな。

父がその話をしはじめたのは、いつだったか。イラクの奇襲攻撃から始まったイラン・イラク戦争のニュースを観ていた時だったか、もしくはもう少し後、イラクがクウェートに侵攻して始まった湾岸戦争の時だったか、とにかく私が十代の頃だった。戦車の映像や避難する人たちの姿、空爆映像に心を痛め、父は顔をしかめ、

──ひっどいもんだな。戦争は最悪だ。だったら、こういうのはどうだ。

と言った。

国家間での争いが発生した際、もしくはある国が隣国の領土を奪おうとした際、お互いが死力を尽くし、武力で決着をつけるのではなく、何らかのスポーツで勝敗を決めたほうがいいのではないか。それが父の提案だ。

──野球のピッチャーとバッターの一騎打ちみたいなものでいいからな。

はじめの設定はその程度だった。

当時、日本ではなじみのないクリケットについて店の客から教えてもらったこともあり──野球のセンターのほうからピッチャーが走ってくるという説明が琴線に触れたのだろう──そのスポーツでも、遠くから投手が走ってくるのだと言った。

──投手と打者が反対方向から走ってくる。いや、それより前から始まっているんだ。お互い

の国の、等距離と判断されたスタート地点から、まずはマラソン、自転車、水泳と代表選手がたすきを繋いでくる。

——トライアスロンじゃないか。

——選び抜かれたそれぞれの競技の、トッププレイヤーがリレーをする。一日じゃ終わらない。数日がかりだろうなあ。そして最後に、国境を挟んで、投手がボールを投げて打者が打つんだ。

——ヒットを打ったら？

——その国が勝ちだ。もしくは打ち取ったら、そっちの国が勝ちだ。その後、攻守交代。二勝した国の要求が通る。二敗したら敗戦国だ。

——ファウルはどうなるんだ。

数日かけてリレーが行われ、やっと投手と打者が対決できても、ストライクゾーンに入らなかったり、ファウルになってしまったら、拍子抜けもいいところだ。まさかまたスタートからやり直すわけにもいかないだろう。

——二投目はもう少し、距離を短くしてやり直すことにしよう。打者より先に投手が到着できたら相当有利だな。無人のストライクゾーンに放ればいい。

——ひどいな。そんなスポーツ、あほらしくて誰も観ないよ。

——観なくてもいいんだ。これは興行じゃないんだぞ。国家間の争いの決着をつけるための、手段なんだ。娯楽性はいらない。

――選手たちはたまったもんじゃないだろうね。何度も何度も走らされたり、泳がされたり。おまけに背負ってる責任もものすごい。

私のカウンセリングを受けに来るスポーツ選手を思い出す。

――兵士同士が殺し合ったり、核兵器や化学兵器でたくさんの人や動物が死ぬのとどっちがいい。

父は冗談めかしつつも、私に二者択一を迫るようだった。

――その選手たちは大変だ。

――そりゃそうだよ。おそらく子供の頃から、選び抜かれた精鋭だけがなる。

――普段は何をしているんだろう。

――何がだ。

――有事の際に、ナショナルボールに出場するのだとしても、国の有事は始終、起きるわけではないだろ。一生のうち、一度も発生しないことだって充分ありえるよ。

――兵士もそうだろうが。いつか起きるかもしれない有事のために準備をしている。ナショナルボールの選手も常に準備をしている。軍事費にお金をかけなくても済む分、選手たちには思う存分、贅沢な暮らしをさせられる。

――だけど贅沢な生活をしていたら、選手として駄目になっちゃうかもしれないよ。

――そこは各国の学者、研究者の出番だろう。どの程度の贅沢さと禁欲が、選手のパフォーマンスを最大化するか。そうだ、言い忘れていたけれど、投手と打者を担当するのは各国の最高権力者だよ。

――後付けの設定が増えていくね。

――日本だったら首相だな。国の命運を握るプレイヤーとして相応しい人だけが、それになれるんだろう。見合うだけの権力を持たせてもいい。

昔は、村や国の争いの際、長《おさ》同士の決闘により勝敗を決めたこともあったのかもしれないが、それを馬鹿馬鹿しいほどに拡大させたバージョンとも言えるだろう。

――まどろこしい。そして分かりにくい。

――何が分かりにくい。

――本当にそんなことで国の未来を決めていいとも思えないし。

――人がたくさん死んで、建物が壊れてぼろぼろになる戦争で決めるほうが納得がいくのか？あれこそ勝敗が分かりにくいじゃないか。戦争に勝者はいない。名言だ。比べるまでもなく、ナショナルボールのほうがいい。

――選手のドーピングは大変なことになるよ。国の威信どころか、国の命運を握るんだから、なりふり構ってはいられないだろうし。選手たちに危険な薬を与える可能性は充分ある。オリンピックでも横行しているくらいだ。

――そういう装置があるんだろうな。

——そういう装置。

——ドーピングを探知する装置。腕とか足とかに巻くだけで分かる。常時、ホルモン量を計測して、異常があれば失格になるんだ。

——だとしたら、今度はその装置に仕掛けを施すだろうね。各国が必死になって。

——ドーピング検査とドーピング技術のせめぎ合い。望むところだよ。機械の改造やハッキングもやれるものならやればいい。科学の進歩に繋がるんじゃないか。何度も言うが、戦争よりはよっぽどマシだ。戦争の何が怖いか分かるか。

——個人の意思が尊重されなくなること？

父が言いそうなことを当てずっぽうで言ってみたところ本当に正解だったようだ。少々つまらなそうに、

——そう、そうなんだよ。

と首を縦に振った。

——俺はそれが一番怖い。少なくともナショナルボールでは、子供たちが死なない。

——選手は生贄《いけにえ》みたいなものだね。

——その分、たっぷりと幸せな人生を送ってもらいたい。ナショナルボールの準備さえしていれば、あとは何不自由なく、贅沢に暮らせる。

——たとえば？

――税金免除。医療費免除。衣食住は望むがまま。誰も怒らない。公的施設の入場料はただ。毎日がブラックフライデーだ。すべてはナショナルボールの時のために。

――そんな面倒な球技をやるくらいなら、じゃんけんとかでいいじゃないか。

――運任せのじゃんけんでは納得できない人間は多い。やるだけやったという実感が必要だからな。自分たちの意思の結果だという実感が。じゃんけんでは、戦争の代わりにならない。

――ナショナルボールもならないよ。

国境線を挟み、向き合う両国の首脳。相手の顔を睨みつけ――目や口元の歪みを観察し――事前にレクチャーされていた相手国首相のデータと瞬時に結び付ける。パーなのかグーなのか、はたまたチョキか。何千回、何万回と練習を積んだフォームで右手を振りかぶる。手の形を作るタイミングも体に染みついている。何台もの後出しを検知する高精度カメラのチェックに引っかからないぎりぎりのラインを狙わなくてはいけない。額に滲んだ汗が飛ぶ。自分が振り下ろす手は、国民を守るための祝福のテープカットとなるのか、もしくは今後数十年国民を苦しめるギロチンとなるのか。のしかかる責任から腕は重くなる。血の気はひき、卒倒寸前の状態だ。強く前に突き出した自分の手の形と、相手が出した手を凝視する。どっちが勝ったのかを判断する前に、脚がガくがくと震え、膝から地面に落ちる。

セカオピが終わった後は、癌の進行の早さに負けないようにとこちらが急いだことで、癌のほうもより足早になったのかもしれないが、事が慌ただしく進んだ。

――前から自転車でよく通りかかっていて、そのたびに良さそうな病院だと思っていたの。

母が見つけてきたのは実家から裏道を使えば自転車でも行けるし、タクシーでも千円くらいの距離にある病院だった。「全室個室の緩和ケア」を謳い、ホームページを見れば、院長の、末期がん患者のＱＯＬに対する思いが綴られており――どの病院のサイトにも院長の高い志が掲げられているものとはいえ――好感が持てた。ちなみに父がその病院に入ることを決めた一番の理由は、差額ベッド代が不要と書かれていたからだ。

検査結果一式を抱え病院に相談に向かうとあっという間に入院が――二週間後の月曜日に――決まった。私は付き添わなかったが、説明を聞いて帰宅した母は疲れを顔に滲ませながらも、

――先生も看護師さんもみんな感じが良かった。

とほっとした様子だった。例の、ロボット手術の得意な副院長よりも？　と言ってみたが母は深い意味には受け取らず、

――そうね、あの先生よりも良さそう。

と真面目に答えた。

――コロナだから付き添いも無理なんだって。二日に一回、三十分限定。三人まで。

それは悪いことではないと私は思った。制限がなければ母はずっと病室にいて疲弊しただろう。

担当医師は、

――内村さん、入院したい時はいつでも言ってください。個室はありますので。

と優しく言ってくれたらしく、父も母もそのことを心強く受け止めていたが私は少し引っかかりを覚えた。一般病床の三ヵ月ルールの話や、緩和ケアでも一ヵ月を過ぎると退院を迫られるといった記事を目にしたことがあったために、仮に早くに入院できたとしても結果的に出ていく日が早くなるだけではないか、それでは困る、と心配だったのだ。ただすぐに察した。ようするにそれほど父の癌はよろしくない――癌側の視点からすれば好調と表現すべきなのかもしれない――状態で、三ヵ月もそこにいられるわけがないのが前提だったのだ。セカオピで余命一ヵ月から三ヵ月と言われたことを私自身が受け入れていなかったということだ。

入院前、家にいる父は相変わらず金剛力士像のように眉間に皺を作ってはいたが――大谷翔平が活躍しても活躍しなくても険しい顔付きだった――一ヵ月後に亡くなるような弱々しさはあまり感じられなかった。

が、実家で話をしている際に、

――もう寝るよ。

と二階の寝室に、段差の大きい階段をぎしぎしと音を立て、一歩一歩力を出し切るようにして必死に上がっていく姿を見ると、いつ何が起きてもおかしくはない状態には思えた。

——あの人、どういう気持ちなんだろうね。

母は呆れるでもなく、父の心のうちを理解したがっていた。

——昔から何を考えているのか分からないけど、こんなことになっても、まったく動揺していないのは感心しちゃう。

——泣き言も言わず？

——ぜんぜん。この間、二階のベッドに寝ながらずっと美空ひばりを歌ってたよ。お父さんの好きな歌。

どういう気持ちで父が歌っていたのか。そのことが悲しいことなのか、愉快なことなのかも判断ができなかったものの、私は胸が痛んだ。連動するかのように、目尻に涙がにじんでくる。自分だったら歌を口ずさむよりも、近くにいる誰かに痛みや苦しみや恐怖を口に出すのではないかと想像もした。

——喫茶店は？　どうしてるの。

——ちょうど最近、楓《かえで》ちゃんに任せることが増えていたから、良かったかも。

十年以上前から喫茶店の手伝いをしてくれている、私と同年代の女性だった。若いころに産んだ二人の子はすでに手が離れたのだという。

——親父のことは？

ないよ。

——言ってないよ。言ったら大変。楓ちゃん、おろおろしちゃうだろうし。常連客も誰も知らないよ。

実家は八〇年代に東北新幹線のバーターで埼京線が通ったころにできた古い住宅地で、近隣居住者も老人が多くなっているからか、夜ともなれば町全体が瞼を閉じたかのように静かなものだった。

その日、手続きの関係もあり実家に泊まることにした私は一階和室に平べったい布団を敷いて寝ていたのだが、たまたま深夜の一時半過ぎに用を足したくなり目が覚めた。トイレまでを往復して布団に戻り、枕もとのｉＰｈｏｎｅをチェックしたところ妻の茜から、

「お義父さん、どんな感じ？　今月末なら英世もお見舞いに行けそう」

とＬＩＮＥが届いていた。スポーツ少年団のサッカーチームに入った英世は週末となれば練習で忙しく、なかなか父の見舞いに連れてこられなかった。

返信を打とうとしたところ、窓ガラスを叩く音がした。こんこん。大きな音ではなかったのだろうが、体の中の鉄の棒をトンカチで叩かれたかのように響いた。びくっと震えると同時に平常心も揺れる。顔を上げてリビングの掃き出し窓に視線をやった。カーテンが閉まっているため当然ながら庭の様子は見えない。木の枝が当たったり風で飛んできた石がぶつかったりしたのだろうか。こんこん。また音。明らかに人が叩いたものに聞こえた。胸の内側が激しく震

動する。ノックだ。ｉＰｈｏｎｅの時刻を確かめれば、深夜の二時前だ。誰かが訪問してくる時間とは思えない上に、いきなり窓をノックするのも普通のことではない。

立ち上がったはいいものの、カーテンに近づくことができない。私は離れた場所からその方向をじっと見るだけだ。

音の正体や出どころを知るためにはカーテンを開ければ一目瞭然だろう。にもかかわらず、動けなかった。カーテンをざっと開いたところに誰かが立っているのを想像すると、とてもじゃないがやる気になれなかった。いくら覚悟していたとしても、卒倒する恐怖すらある。

背後で階段の電気がつき私はびくっと、素早いタップを踏むように足で床を叩いた。腰が落ちかける。

——どうしたの。

母が囁き声を出し、寄ってきた。

——窓が叩かれた気がしたんだ。

——そうよね。今二時だよ。

二階の寝室にも聞こえ、だから気になって降りてきたのだという。私と母は顔を見合わせたまま、そうする必要がないのかもしれないが息を潜めた。しんとしている。気のせいだったかと思いかけたところ、その油断を狙ったかのように窓にノックの音がした。

ここが妻と息子のいる自宅であれば私はもう少し頑張ったはずだが、実家にいることで精神が子供時代に戻っていたのかもしれない、ただひたすら怯えるだけで、母のほうはその反対に、子供を守らなくてはとスイッチが入ったのか、意を決したようにのしのしと掃き出し窓に近づくと、思い切りカーテンを横に開いた。

窓の向こうには誰もいなかった。

深夜の帳《とばり》が降りてはいたものの、近くの街路灯の明るさで外の様子はそれなりに把握できる。何だ気のせいかとほっとしたが、またその心の緩むタイミングを計っていたのか——ホラー映画の様式美を守るかのように——恐ろしいものが目に飛び込んできた。庭の奥で男が手を振っていたのだ。笑みを浮かべながらだ。腰が抜けそうになる。月明りに、男の笑顔が照っている。小さく悲鳴を上げていた。母も口に手を当てている。

すると男が敷地の境界線に植えてあるツツジから一歩、また一歩と寄ってくるではないか。

こんこん。窓にくっつかんばかりに近くに立つとまたノックした。

——おふくろ、警察に電話をして。

やっと意識を取り戻した私は震える声で母に指示を出した。覚束ない足を動かし、どうにか玄関に向かう。警察が来るまで待つべきではないかと冷静に考える自分もいたが、この恐ろしい謎めいた事態を少しでも早く解決したかった。玄関で傘をつかむ。武器になるのかどうかは未知数だが、振り回せばどうにかできるかもしれない。

玄関ドアから出る時が一番恐ろしかった。外の様子が把握できないからだ。開けた途端、そこに男が立っていることもありえる。様子を見ながらゆっくり開けようとしたが、攻撃は最大の防御と思い直し、そこに人が立っていたらドアにより吹き飛ばすつもりで勢いよく向こう側に押した。威嚇するための声を上げてもいた。ドアによるアタックは空振りだった。人影はそこにはなく、庭に回る。

——いやあ、助けてくれよ。

男は茶色とも白色ともつかないチェックのハンチング帽をかぶり、厚手のジャケットを羽織っていた。身長は百六十センチ台前半といったところで、肩幅がしっかりしている。鼻下にヒゲを生やした卵形の顔で、耳たぶが大きい。傘を持った私を見ると、親しそうに呼びかけながら歩いてきた。悪びれるところがこれっぽっちもなく、そのことが恐ろしくてたまらない。

——ちょっとおじさん、何なんですか。

私は裏返った声をどうにもできない。乱暴に近づいてきたら相手を傘で突く気満々ではあった。

——助けてくれないか。相談に乗ってくれると前に言ってたじゃないか。

近くで見れば、足腰はしっかりしているものの顔は皺だらけの高齢者で、すらすらと世間話のように話をしてくるが「相談」が何を指すのかも分からない。そこでようやく頭に「認知症」の文字が浮かび、自分を覆っていた恐怖が一回り弱まった。困ったことには変わりないもののの、深夜の強盗や恐ろしいたくらみを抱いた侵入者に比べたらまだ分かりやすい。玄関から母も出てきた。

――今警察に連絡したよ。事故ですか事件ですかって、どっちなのか悩んじゃったけれど。

――おふくろ、この人、知ってる人かな。

――まったく。

たぶん認知症だろうと母に話すが、その間も男は、

――久しぶりだねえ。約束しただろう。助けてくれるって。

と懇願してくる。約束とは何のことか心当たりがあるわけもなく困惑するほかなかった。

――お名前は何と言うの。

――タカダキスケ。

母の質問に、男は急に幼くなったかのように素直に答える。重ねて、どこから来たのかを訊ねれば町名を口にした。私は一瞬、疑った。あまりにも遠かったからだ。徒歩で移動するとなれば、一時間は優にかかる。のんびり歩きだと二時間はかかってもおかしくはない距離だった。

あらあ。母も驚いている。

――何時だと思っているの。

――ええと、夕方四時くらい？

――おいおいどうしたんだ。

それほど騒がしくしたつもりはなかったものの父も起きてしまったらしく、パジャマ姿で、

よろよろと歩いてきた。左腕を押さえているのはリンパが詰まり、ぱんぱんに腫れたところが痛いからに違いない。

――助けてくれ。

タカダキスケは、今度は父をターゲットに決めたと言わんばかりにまっすぐ縋《すが》ってくる。父はといえば仁王像の顔つきではあるが、

――どうしたんですか。いったい何があったんですか。

と意識を失いそうな相手をこちらに繋ぎとめるかのような優しい呼びかけ方をした。

――もうね、うちのやつは駄目なんだ。殺してくれと言ってくる。だけどそんなことできるわけないじゃないか。いくら、死にたいと言ってきたところで無理だ。俺が捕まってしまうと話しても、このままだと迷惑をかけると聞かないんだ。

いったい誰の何の話なのか。「うちのやつ」とは文脈からすると彼の妻の可能性が高いが、それと「殺してくれ」がうまく結びつかない。もはや私の頭脳は、状況を把握することを放棄しかけていた。深夜二時の実家敷地に侵入者が悪びれるどころかニコニコしながら現れ、

――殺してくれと言われても殺せるわけがない。

といった話をしてくるのだから辻褄を合わせること自体、難易度が高い。早くこの夢から目覚めたいとすら思った。父は男と真正面から向き合い、両手を相手の肩に置いた。

――難しい問題ですね。一緒に考えましょうか。

口にした父の顔を見れば鬼の形相のように真っ赤に染まっているものだから、どうしたのかとぞっとしたが、落ち着いて辺りを見渡すと、家の前に警察車両が停車し、回転する赤色ランプの色が、父の顔面に差しているのだった。

門扉のところに制服警官二人が現れた。

——連絡をくれた内村さんですか。

母が小走りで近づき、二人を庭に連れてくる。母が男性を彼らに紹介する。認知症でしょうかと訊ねると、

——そうでしょうねえ。多いんですよ。

と言った。嘆息まじりだったのは、彼らがいかに、高齢者の徘徊で時間や労力を割かれているかの顕れだろう。男性がここに来てノックしたこと、タカダキスケを名乗り、助けを求めてきたことを伝える。

パトカーの無線を使って警察官がどこかと連絡を取りはじめた。その間、もう一人の警察官が男に、

——おじいちゃん、帰るよ。ここはね、知らない人の家だからね。

と優しく声をかけた。

——奥さんがいらっしゃるんですかね。

私は、その奥さんが「殺してくれ」と言ってきたらしいですよとは話さなかった。後ろめた

さや疚《やま》しいところはゼロだったが――当たり前だ。私たちはこの件に関して何も悪いことをしていない――警察官の前で「殺す」といった物騒な言葉を発すれば、それだけで要注意人物とされるような怖さを勝手に抱いていた。

――うちのやつには、あなた、頭がおかしくなってるんだよと言われるんだよ。

男は急に記憶が戻ったかのように、しゃんとし、悲し気に言葉を洩らした。認知症のことを彼の奥さんがそう表現しているのだろうか。私も悲しくなる。

パトカーから戻ってきた警察官が、

――届けがあったようです。前にも徘徊していて、情報ありましたよ。

と言った。

――そうか。じゃあ、おじいちゃん、帰ろうね。

こちらの警察官は男の孫の役割を演じるかのように、親し気に話しかけて肩に触れた。

本当に多いですよ。誰に言うともなく警察官が言った。

――死なせて。

男性がもう一度、いよいよ警察官の前でそのことを口にした。警察官は息を吐き、そういったものは自分より上のものの判断に任すほかないと諦めているかのような顔で、天を仰いだ。

多いですよ、本当に。また言った。みんな同じことを言うんですよ。

釣られて私も空を見れば、黒い水の上を行く舟を見守るような、おぼろ月が出ている。

森鷗外の「舟《ボート》」の出てくる小説の、おわりを参考にして私はそう書いてみた。

——いくら歩いても疲れないらしいですよね。認知症だと。痛みもないとか。前に誰かが言ってたんですよ。ジムトレーナーだったかな。彼のおじいちゃんが認知症だとか。脳の認知機能の問題だから、疲れも痛みも分からないって。

——にわかには信じがたいですけど。代々木さんの言葉が信じられないという意味ではなく。

カウンセリングルームで代々木選手と向き合っている。会話のアイドリング的に、つい先日体験した「深夜の招かれざる高齢者」について話したところ、彼は予想以上に興味を持ち、口数多く話をしてくれた。

——その人のおじいちゃん、普段は杖を使っているのに、惚けた状態の時は柵とか跳び越えていっちゃったとか。

——そんなことあるんですか。

眉唾な話だと思いつつも、ありえなくはないとも感じた。疲れや痛みを判断するのは脳なのだ。脳のセンサーがうまく機能しなければ状況把握はできない。脳が感じたものが現実なのだ。

代々木選手はいつも通りに座り心地の良いソファに腰かけているが、前回来た時よりも表情が晴れ晴れとしている点が気になった。気持ちを切り替えられる出来事でもあったのだろうか。

数年前、カウンセリングを担当していたあるアマチュアスポーツの選手を思い出している。大きな試合を前に「人類存亡の危機を救うのは自分だけ」と言わんばかりに始終重苦しい顔をしていたのが、ある時を境に、憑き物を落としてもらったかのように余裕を見せたものだから、私は自分の対話が効果を発揮したのかもしれないとプラスに捉えていたところ、蓋を開けてみればその理由は至極簡単、ようするに薬物に手を出していたということがあった。関係者が相談し、大ごとにならないうちに彼は表舞台から消えることとなったが、私にとっては苦すぎる経験、消し滅したいほどの過去だ。代々木選手はそれとは違うだろうと思いつつも心配にはなる。

——疲れないんだったら、認知症の人をマラソンランナーに抜擢《ばってき》すればいいのではないですかね。

頭に浮かび、そう口に出すと代々木選手が手を叩いて笑った。ウケたことは嬉しかったもののすぐに反省する。

——よくないですね。不謹慎な発言でした。

——不謹慎？　どこが？

——認知症の人を走らせるなんて、ひどいアイディアじゃないですか。

——内村さん、どうしてマラソンで走らせることが不謹慎なんですか。みんな走ってますよ。

熟考の上で発した冗談ではなかったし、熟考の上で反省を口にしたわけでもなかったから聞き流してくれればいいのになと思わなくもない。私は握っていたボールペンの尻のボタンをかちゃかちゃと連打しながら、認知症の人物がマラソン選手に選ばれることが悪いことなのかどうかと考えた。

——自分の意思で走りたいなら構わないけれど、騙されて走らされているんだとすると良くない気がします。

——重要なのは、自分の意思かどうかって点ですか。

——それがすべてではないですが、何となく、ええ、何となく。

　代々木選手は納得がいったのか、もともと納得していなかったのかも不明だが、その話題からすっと退くと今度は自らの近況について話しはじめた。私の机の上が積まれた本で散らかっていることを指摘し、壁にかかっている絵は誰の描いたものかと訊ねてきた。ベラスケスの「バッカスの勝利」と浮世絵「大鳴門《おおなると》灘《なだ》右エ《え》門《もん》」に「オランピア」もあるが、言うまでもなくいずれもレプリカだと説明すると——今まで何度も私のカウンセリングルームに来ているが、これまでは目に入っていなかったのだろう——いつの間に模様替えをしたのかと新鮮そうに言っている。

——近々、大きな大会があるんでしたっけ。

　彼がカウンセリングに来るのは、精神的に不安定になる大きな大会の前後が多かったため——「大きな大会」とは重言だろうか——深い意図はなく訊ねたが、すると彼はｉＰｈｏｎｅのパスコードを当てられたかのように顔をひくつかせ、その後すぐに表情をゼロにした。

――しばらくないと思います。

言いたくて仕方がないが自分からは言い出せない場合もある。私は知りたがりを装いつつ、

――秘密の大会でもありますか。

とついてみたが、守秘義務を思い出したかのように彼が唇を固く結んだのが見て取れ、これ以上踏み込むのは逆効果だと判断できたから、普段のやり取りに戻ることにし、睡眠状況や体の調子を確認し、最近観た動画や気になる食べ物について訊いた。

やり取り自体は特に問題なしに思えたが一方で、

――あれ？

と感じる瞬間がいくどかあった。あれ？　代々木さんそんなにいい場所に住んでいたのだっけ。あれ？　練習場までは電車で通っていたのではなかったっけ？　あれ？　車を運転してくれるスタッフがいたのだっけ。あれ？　もちろんそれらは私の勝手な思い込みだった可能性も高い。ほかのスポーツ選手の情報やイメージと混同しているのかもしれない。

――内村さん、スポーツ選手の引退って難しいですよね。

――引き際が難しいというやつですか。

――ほとんどのスポーツ選手は落ち目になってから、やめるんですよ。

そりゃそうでしょと私は、友人に語るかのように言ってしまいそうになった。全盛期、一番活躍できている時に引退する人間はいないだろうと。

——そうなると、最後は結局、みじめな姿を晒して、同情されるならまだしも、疎《うと》まれて現役生活を終えるんですよ。悲しくないですか。どうしてボロボロになる前にやめちゃいけないんですかね。

やめてもいいんじゃないですか、その選択肢はありますよと反論しかけて口を閉じた。議論の場ではない。人は、他者に同意を得られた際に精神の落ち着きを得られる。「確かにそうですね」「おっしゃる通り」の響きが心を安らがせる。その反対に、「でも」「お言葉ですが」は大袈裟にいえば暴力に近い。ナイフで刺しているようなものだ。カウンセリングの時間が終わり、代々木選手はソファから立ち上がり、出口へ向かいかけたところで振り返った。

——内村さん、いよいよ本番です。このためにみんなに良くしてもらってきましたから。

やはり何らかの大事な試合があるのだ。

——気負わずに。

——みんなの未来がかかっていますから頑張ります。

予想もしていなかった、気負いに気負っている言葉が飛んできたものだから私はぎょっとし、驚きのあまり唾が気管に入ってしまいしばらく、げほっげほっと噎《む》せた。

——何を言ってるんですか。そんなことを考えたら駄目ですよ。

気負いを減らすためにこれまでカウンセリングを続けてきたつもりだったが、これではまったく意味をなさなかったではないかと愕然とするほかなく、無力感に押し潰されそうになった。

少しでも彼の重りを外さなくてはと私は、

——代々木さんの人生は代々木さんのためのものです。誰がなんと言おうと。

と強く言い聞かせるようにした。

通訳による説明を待つかのように、代々木選手はしばらく無言だった。

——いいですか。みんなのことは忘れてください。代々木さんのやることは、代々木さんのためです。すべての決定権は代々木さんにあります。

——キャスティングボードを握っているのは俺、ということですかね。

はい、と答えれば会話は完結したが、私は細かいことが気にかかり、わざわざ指摘すべきかどうか、彼が気を悪くするのではないか、だが彼が別の場所で恥をかいてしまうのも良くないだろうと逡巡した結果、

——ええと、ボードじゃなくてボートですね。しかも舟じゃなくて投票のほうのボート。

と伝えた。代々木選手は微笑み、感謝してくれた。


疑っていたわけではないが、差額ベッド代不要の緩和ケア病棟はホームページ通りに清潔感があり整っていた。リノリウムの床にはパステルカラーが塗られ——セーヌ川が描かれるマネの絵を想起したくなる明るい色——通路は広々としている。

入院日、私は車を運転して両親を連れて行ったが部屋に着くと父は窓に近づき、

——景色もいいじゃないか。これはいいな。最後に来てツキが回ってきた。

と嬉しそうに言った。母も一緒に並び、窓の外を眺める。私は後ろに下がり、iPhoneでその様子を写真に収めた。あそこがあの道、そちらはあの建物、と二人で指差しながら方向の確認をしているが、同じテーマで話をしているにもかかわらず視線はねじれの位置にあるような、長年ともに暮らす夫婦ならではのそのやり取りは、まさにマネの作品が発する生々しさ——たとえば「バルコニー」のあの視線のすれ違い——と同じだと思った。

ノックの音がし——実家の窓が深夜に叩かれた時の音が否応なく甦る——見れば開いたドアのところに看護師が立っており、挨拶をした。ようこそ内村さん、と言ってくれたようにも感じたが、病院ではあまり聞いたことがない言葉であるから聞き間違いだったのだろう。

——これから採血したり、簡単な検査をしたりするのでお母さんと息子さんは向かいの部屋で待っていてもらっていいですか。その間、別の看護師が説明をしますので。

初めてやってきた病室に父を置いていくのは可哀想、といった思いが過ぎり、そのことが自分でも可笑しかった。いい歳をした父親を子供のように捉えてどうするのだ。

案内された別室は中央にソファが向き合い、小さなテーブルが置かれているだけで、ひどくがらんとしていた。母と今後の予定について——母の見舞いのペースや私が代われる日程など——相談をしていると看護師が現われた。スタッフ共通の薄い水色の仕事着で、穏やかそうな顔をしている。

——内村さんですね。今日から入院ですので、確認しておくこと、お願いしたいこと、いくつかありますのでご協力お願いいたします。

面接試験を受けるようで緊張し、私以上に母のほうがおどおどしていたが、看護師が話してきたのは面会のルールや——これは先日聞いていたが——休日・時間外出入口の位置、退院後の——そんな時が来るとも思えなかったが——介護保険の申請や一時帰宅する場合の流れなど事務的な連絡ばかりだった。徹頭徹尾、ゆったりとした口調で、この看護師は今までたくさんの家族にこの説明をしてきたにもかかわらず、ルーチン的な気配が微塵もないのだから大したものだなと感心した。

——父はいつも眉間に皺を寄せて怒った顔つきでして。

一通り話が終わった後、これだけは伝えておかなくてはと口にする。

——あれはもう、私が生まれた時からそうなんです。癌のせいじゃないんです。昔から頭痛がひどくて、なので気にしないでもらえると助かります。

——そんなに頭痛が。

——数えきれないほど病院に行って、民間療法もたくさん。薬もたくさん試してきましたが、どれも効果がなく。

——そうねえ。ほんと、いろいろ付き合わされて。

母が感慨深そうに、これまでの苦しい道中を振り返るかのように言った。

――おふくろと結婚した時から、すでにああいう顔だったの？

――違うわよ。あんな鬼みたいな顔していたら、怖くて仲良くならないでしょ。そうね、そういう意味ではいつから、頭痛が始まったのかしらね。

つまり結婚後に何らかの頭痛の要因があったわけか、とこれが犯人を見つける刑事であれば追及したいところだった。家族を持ったプレッシャーで肩に力が入った可能性もあるだろう。もしかすると、あなたの料理に頭痛を誘発する素材が多く入っていたのでは？　もちろん私はそんなことは言わない。私は刑事ではない。これは事件でもない。

――怒っているわけではないので、優しい人なんですよ。

母はそこから喫茶店を四十年以上経営していることを話し、常連客にいかに愛されているかを語った。日頃、母が父を誉めることはほとんどないから、彼女なりに何らかのハイな状態にあったのか、それとも看護師に良い印象を植え付けることで父の待遇を少しでも良くしたいと思ったのか。

私のｉＰｈｏｎｅが音を鳴らした。マナーモードでないことを咎《とが》める目で母が睨んでくる。手早く操作し、ちらっと確認するとメールが届いていた。オランダ在住のあの女性――川のほとりで松村さんといる際に気さくに声をかけてきた――ロッテさんからだった。

――すみません。

私は看護師に確認する。

——個室での電話のやり取りは自由という話でしたが。

——問題ないですよ。

——今すぐでもいいでしょうか。ビデオ通話をしたいんです。

——賢一どうしたの。誰と電話するの。

——前に親父には話したんだけれど、オランダの女性でね、父と話をしたいという人がいたんだ。

——あら、あの人にそんな人がいたなんて。

母の言い方が可笑しいのか、看護師がふふっと息を洩らした。

——四十歳ですい臓がんなんだ。余命半年。日本に来ている時にたまたま知り合ったんだよ。

母の今度の「あら」には先ほどとは違う響きがあった。

——余命半年って四十歳でだめよ、そんなに若いのは。

駄目と言われても。私に言わず癌に言ってほしいと思ったが、癌も言われたところで困るだろう。

——彼女は安楽死を選択したんだ。オランダは安楽死があるんだよ。制度として。

緩和ケアの看護師の前で話すのに適しているのか判断がつかないまま、それでも私は喋るほかなかったが、看護師は興味深そうにうなずいた。仕事柄か個人的な関心からか彼女は彼女な

りに、安楽死についての情報に詳しいらしく、

——安楽死と言われてもドクター・キリコくらいしか浮かばないわ。

という母相手に簡単なレクチャーを始めた。

——安楽死には二つの種類があるんです。一つは医者が致死薬を注射する方法。もう一つは致死薬を飲むのは患者で、医者はそこに至るまでの手助けをするという方法です。二つ目のほうは、最後のスイッチを押すのは患者自身という部分が重要なんですよ。医師が法的に裁かれてしまうかどうか、これが大事なところですから。日本だと自殺幇助になってしまいます。オランダやスイスは昔から議論が進んでいまして、個人主義と合理主義が過激に結びついた結果だと言う人もいます。それがいいことなのかどうかは私には分かりませんが、羨ましいと感じる時もあれば、怖いなと感じる時もあります。制度ができるきっかけとなった安楽死事件に関わったオランダの医者、ポストマさんはこう言ったんですって。「法よりも良心が優先される場合がある」。まさに、と感動する一方で苦しくなります。日本にいる私たちも良心を優先させているつもりなんですから。

病室に戻ると父はベッドに横になり、もともと家でも頭痛に耐えるために寝てばかりだったため、その姿は非常に見慣れたものだったが、ずっと昔から住んでいるかのように馴染んだ様子で、

——採血がうまくいかなかった。血管が見えなくて。欠陥人間だ。

と彼好みの駄洒落を言って嬉しそうにした。私はすぐに、オランダのロッテさんから連絡があり、今ならビデオ通話で話ができるけれどどうするかと訊ねた。

——オランダ語も英語も喋れないぞ。

——ロッテさん、日本語ぺらぺらだから。

父は客商売をしているとはいえ——むしろそれだけにと言うべきかもしれないが——休みの日は人と会うよりもひとりの時間を楽しみたい性格だった。口は達者で話術がある方だから、てっきり人付き合いが好きなのだと昔は思っていたものの、ある時、

——俺は別に人と喋るの好きじゃないよ。気を遣うし疲れる。みんな結局、自分の話を一方的にしたいだけだから。

と顔をしかめたことがあり、以降、私は考えを改めた。ロッテさんとのリモート通話についても、億劫《おっくう》に感じて当たり障りなく断ってくるか乗り気になるのかは分からなかったが、話を聞いた父は、

——喋ってみよう。

と即断した。オランダの人と話す機会なんてないから自慢になるとも言った。誰にいつ自慢できるのかは問わなかった。

私はすぐにロッテさんにメールをし、ＦａｃｅＴｉｍｅで通話することにした。持参してい

たｉＰａｄで呼び出しを行うと画面が明るくなり、およそ一万キロ離れた部屋と繋がる。

――はい。はじめまして。

私はロッテ。すい臓がん、余命半年。

俺は肺がんでたぶんあと二ヵ月あるかないかだよ。

自己紹介の際に癌の種類と余命について話すのは、コントやギャグとしてはさほど気が利いてはいないだろうが現実のやり取りとしては――面白いと言ったら語弊があるとしても――面白かった。

ロッテさんは初めて私たちと会った時と同じく、昔からの知り合いであるかのような親密さで話をしてくる。父は父で四十年以上の喫茶店歴で培ったコミュニケーション力を発揮し、初対面のＦａｃｅＴｉｍｅ越しとは思えないほどスムーズな、盛り上がりのある交流となった。

コーヒーショップをやっているのだと父が言うとロッテさんは、

――オランダでコーヒーショップというと大麻を扱うお店のことだから気を付けてね。コーヒーハウスと言わないと駄目。

と教えてくれる。オランダは日本の九州ほどの大きさなのだとも知り、父はもちろん隣にいる母も、あらあ、と感心していた。それから父が、オランダといえばゴッホとレンブラントだと美術の話を持ち出したところ、ロッテさんもアムステルダム国立美術館で何度か「夜警」を観ましたよと誇った。

——あの絵、今は展示しながら修復しているの。ネットでも中継しているみたい。修復が終わるのは私が死んだ後。

——俺も死んでいるだろうな。まあ、だけど描いた本人もとっくに死んでるんだよな。勝手に「夜警」とかいうタイトルまでつけられて。可哀想に。それに比べれば、俺たちはまだマシだ。

ロッテさんが笑みを浮かべるのが、横から覗く私にも見えた。

——予定通り、来月の五日、わたしの人生は終わりなので。

覚悟を決めた深刻さはなく、試験勉強のおしまいを告げるような口ぶりだった。

——また話しましょうね。

——タイミングが合ったらぜひ。もし間に合わなければ、死んだ後に。

それに対しロッテさんが嬉しそうに手を叩き、

——約束ね。

と言った。

ＦａｃｅＴｉｍｅでの通話を終えると父は言った。

——賢一、俺はかなり恵まれているな。

——恵まれているって何がよ。

母が割り込んでくる。

——ニュース見ろよ。事故とか事件とか戦争で死んでいる人がたくさんいる。死にたくなかった人ばかりだ。自分の人生をこうやって完結できるなんてな、恵まれているんだ。贅沢だよ。申し訳ない。

父との面会日は一日置きだったため、それ以外の日、母は家で一人で過ごしていた。父が商社を辞め、喫茶店経営を始めてから四十年以上、彼女と父はかなりの時間を——店には二人でいる時もあれば一人ずつ立つこともあったが——過ごしてきたから、もう顔を見るのも嫌というほどではなくても、愛憎半ばというよりは憎が愛をかなり上回っている関係性のはずで、それは二人の相性や性格、言動の問題ではなく、ヒトが近距離で長時間一緒にいれば絶対に発生するストレスの蓄積が原因にほかならず——時間が経てば部屋の隅に埃が発生するのと同じで——防ぎようがない。物理か何かの授業で習ったが、摩擦がない世界は成立しない。

一人の時間を母はそれなりに、新鮮な自由を味わい、楽しんでいるようには見えた。

——こうしている間も、お父さんは病院で一人つらいのかなあと思うと申し訳ないけれどね。

私が実家に寄ると、母はテレビで古い映画を観ながら言った。

——たぶん親父はつらくないよ。安心している気がする。

——わたしも前の入院の時よりは心配が少ないね。せん妄で大変だった時。あの時はいったい何が起きているのかと思っちゃったし。

不思議なもので、その頃に比べれば今のほうが父ははるかに死に近いのだが、私たちからすれば今のほうが不安は少なかった。

隣に住む田尾さんを呼んだらどうかなと私が促したのは、日が暮れはじめ、リビングの電気を点けた時だった。急に不安に駆られたのだ。

――何でわざわざ来てもらわないといけないのよ。

――いいじゃないか。気分転換に。

――おまえが来てくれているんだから、それで別にいいよ。

――いいから呼ぼうよ。急に心配になっちゃって。

――何が。

まさかハリウッド映画において話題になったベクデル・テスト――知らない方はぜひネット検索をしていただきたいが、あのとてもシンプルな三つの基準――が気になってしまったとは言えなかった。本音を言えば、話好きの田尾さんは苦手だったが今すぐこの小説に母以外の女性を登場させるとなると、彼女くらいしか思い浮かばない。

母は電話をかけるのは面倒臭そうで、ぶつぶつと愚痴を口にしていたものの、実際に田尾さんがやってくると楽しそうだった。

果物を山ほど持ってきた田尾さんは、

――賢一君、久しぶりね。早いものねえ。この間まで小学生だったのに。

と大袈裟に感嘆し、それから母から父の状況を聞き出すと、私の想像以上に親身になってくれ、とはいえ自分が夫を亡くした時の話を持ちだすようなことはせず——人それぞれ違うからねと言い——母の疲れを労っていた。

自分の孫娘の話をはじめ、私の息子、英世のことを訊いた。世話焼きの図々しい隣人、という印象を塗り替えられる時間だった。私はなるべく彼女たち二人だけが喋っているように——ベクデル・テストの基準を満たすために——口を挟まないでいた。

——近くで工事している者ですって男二人組が来たんだよね。内村さんのところはたぶん留守だったんだと思うんだけれど。屋根が壊れてます、と言うの。

——怖いわね。

——ね。だから、うちは結構ですって玄関を少し開けて言い返したら「せっかく教えてやってんだぞ」って怒ってるのよ。門のこっち側には絶対入ってこないんだけれど、あれもたぶん住居侵入罪とかそういうの熟知しているからじゃないのかな。

——何それ怖い。

何それ怖い。私もそう思った。

——内村さんも気を付けて。もう、鵜の目鷹の目だから。

言葉の使い方合ってる？　と言いたげに母が私に視線を寄越したが受け流した。時計を見ればずいぶん時間が経っており、もう大丈夫ですよ、これくらい喋ってくれれば、と母と田尾さんに思わず言っている。

――大丈夫って何がよ。

本末転倒ではないかとどこからか声が聞こえるかのようだ。

その日の面会時間は十五時からで、母と予約したタクシーが来るまで実家のリビングでゆっくりしていたが、すると十四時くらいに家の電話が鳴った。

――血圧がだいぶ下がっていて、もしかすると面会時間の時には間に合わないかもしれませんので早めに来てもらったほうがいいかと思います。

看護師は落ち着いてはいたがかしこまった口ぶりだった。ついに来たか。そう思ったところで実感は湧かず、ついに来たんだぞと念を押すように自らに言い聞かせる。これは演習ではない。警報を鳴らす。覚悟はしていたが、頭がなかなか受け止めようとしない。

自分がカウンセリングの際によく伝えるメッセージが頭を過ぎった。慌てることが一番よくありません。準備はしてきたんですから、焦らず、やるべきことを一つずつやってください。予期しないトラブルは起きます。絶対に起きます。もともと予期せぬ出来事が起きると思っていたのなら、それは予期した出来事だとも言えます。

――分かっていますよ。

数年前に相対した野球選手は言っていた。俺は大舞台を何度も経験しているからね。内村さん、コツがあるんです。自分とは別のもう一人の自分を作るんですよ。俺を見ている俺を。幽体離脱する感じ。自分を見下ろす俺を作る。自分で自分を実況するような。客観視する。メタ化する。言い方はいろいろあるだろうが彼はそれを実践していたのだろう。

電話を切ると看護師からのメッセージを母に伝えた。

——じゃあ行こう。

母は言うが早いか荷物を抱え、玄関に向かおうとする。

——タクシーが来ないと駄目だから。早めてもらうために電話するよ。

タクシー会社への連絡を終えると母と声を掛け合い——落ち着いていこう。二重遭難みたいに別のトラブルが起きたら大変だから。落ち着いて——戸締りを確認する。

五分もしないうちにタクシーが到着するのが窓から見えた。ばたばたと玄関で靴を履き、外に出ようとした瞬間、足元に飛び込んでくる影があり、それを踏んでしまいそうでひやっとして足を上げたが、すると赤黒い百足《むかで》が入ってきたところだと分かった。しゅるしゅると触手やヒゲにも見えるたくさんの肢を蠢《うごめ》かし、静かに三和土《たたき》を這う姿はこちらの本能を刺激するかのようなおぞましさで、すぐさま鳥肌が立ってしまったのだが、思えばこれも、見た目で判断しているだけかもしれず私は自分を叱りたくなった。

——どうしたの。早く。タクシー来たよ。

すでに先に玄関を出ていた母が苛立った声を向けてくる。

百足に関わっている暇はない。まさに一刻を争う。玄関を閉めようとした。が、このまま家の中に百足を入れたままでいるのも恐ろしい。そう感じる私もいた。この後、病院に行き、父を看取るとなれば――実感はないがきっとそうなるのだろう――いつ帰ってこられるのかも分からない。その間、百足がこの三和土から家に入り込み、すぐには見つけられない場所――押し入れや家具の裏――に棲みつく可能性もあるはずだ。それはそれで構うものかと思う一方、この後の大事な時間、頭の片隅で百足はどうしているのかとずっと気にかけているのも避けたかった。

――何してるの。早く行くよ。

――この百足を外に出してから。タクシー待ってもらっていて。

庭に出ると小さな箒を取ってきて三和土の隅にへばりつく多足類を掃いた。平たい体のせいかなかなか引っかからず掃いても掃いても掻き出すことができず、いよいよこれは百足と格闘している間に父が息を引き取ることもありえると絶望的な気持ちになりかけたところ、こちらの必死さを感じ取ってくれたのか百足がしゅるるるると肢と体を揺すり、玄関ドアから立ち去ってくれた。箒を放り投げるように片付け、ドアをがちゃがちゃと施錠すると、母の待つタクシーのところへ走った。

普段は時間のかかる面会室の受付も、

――父がそろそろ危ないという連絡を受けました。

と話すとスムーズに中に入ることができ、母と一緒に小走りにエレベーターのある場所へと向かった。院内はさほど混んではいなかったが、誰かと衝突しないようにと気を配り、緩和ケア病棟の入院患者のフロアに辿り着いた。インターフォンで名乗るとすぐに看護師が現われる。

——急がせてしまってすみません。お父さんが間に合わないかもしれなくて。

間に合わないのは父なのかこちらなのか。部屋にいそいそと入れば父はまだそこにいて、鼻に呼吸用の管をつけられ目を閉じているものの、口を半開きにし、無防備に寝ているような顔付きで呼吸を繰り返していた。

——薬で眠っているような状態ですが、耳は聞こえていますので呼びかけてあげてください。聞こえてますから。

——耳は聞こえているんですか？

——はい。聞こえています。

看護師は断言をした。母が父の枕元に近づき、

——あなた。ほら、来たわよ。大丈夫だからね。

と言った。すでに死んでいるかのように父は反応もなく、弛緩《しかん》した顔で息を吸って吐いているだけだったから、本当に聞こえているのかな、聞こえるというエビデンスはあるのだろうか、という思いは過ぎった。そもそもこの状態では、声が聞こえていたかどうかの確認の取りようがないのではないか。科学的に実証されているのか、誰かが体験して教えてくれたのか。

ぎゅっと目を瞑る。父の怒った表情が浮かぶ。頭痛に耐えるいつもの仁王像のような顔付きだ。もしくは私が病気をしたり、入社面接で落ちたり、文学賞で落選したりと「悲しいお知らせ」を伝えた際に見せた顔だ。あれは怒っているのではなくて心配してくれていたのだろう。そして私がつらい目に遭っていることに対し、憤ってくれていたのかもしれない。この人は私のためにいつも心配してくれ、怒ってくれていた。

母が父に呼びかけていたが、私も父に声をかけたかった。ベッドの片側が壁についているため父の顔の近くは、母のいる場所しかなく、父の耳元で喋るのにはその母にどいてもらわなくてはいけない。ただ、ともに人生を歩んできた母にその特等席を譲ってもらっていいのかどうか判断がつかなかった。今から思えば、一言、自分と場所を交換してくれと母に頼めばいいだけの話だった。にもかかわらず私はそれを口にすることができず——父に声をかけるのはこれが最後の機会なのに——どうして母はどいてくれないのだろうか、こちらの気持ちを少し分かってくれてもいいだろうに、ともやもやとしている時間が続いた。

私は父の手を握り、さするようにした。かさかさに乾燥した肌、顔を眺めても目鼻が樹洞《じゅどう》に見え、一定のリズムで続く呼吸も人のものというよりは植物に近い。父の顔は締まりがなくて耳の穴から白髪が覗き、皮膚に染みも目立ち、美しさからはほど遠い。この姿を誰かに見せたところで憧れを抱かれることはないはずだが、その穏やかな、呆けているような顔付きを誇らしくも感じた。

言いたいことはあったが、私は口に出せず、母をどかすことも、大声を響かせる勇気もなくひたすら手を触っていた。

もう一度だけでもいいから喋りたいな。私の頭を満たしているのは、その思いだけだった。たとえば先ほどの出来事を――急いでいる時だというのに、見たこともない大きな百足が玄関に入ってきてまいったことを――こういった話は父が非常に好きだったから伝えたかった。

流れる涙を拭くことなく、繰り返し感謝の気持ちを唱えているうちに父が亡くなっていた。看護師が来て、医師が確認に来る間、私はただ立っている。鼻水がたくさん出て涙とまざり、ぐしゃぐしゃとなる私たちをよそに父の表情は澄んでいた。寂しさが私をぎゅっと握ってきた。自分を客観的に見下ろす私を作り出してみるが、やはりその私も寂しくて仕方がない。


松村さんと向き合っていた。ワインに詳しくなかったが、松村さんが注文してくれた白ワインは、お酒の味はどれも同じに感じる私にとっても非常に美味しいと思えるものだった。

ステージ上ではパフォーマーたちが空中ブランコなどで曲芸を披露しているが、私たちはその観客席に併設されたバーのテーブルにいた。少し離れた場所のカウンターには女性スタッフが立っており、黒と藍色のまざったサテン生地のドレスのようにも見える制服を着ている。腕が長くアンバランスに見えた。後ろの壁は鏡となっており、こちらの客や明かりが映り込み、奥行きがあるようにも感じられる。

——お父さんのこと、一段落つきましたか。

——先日、四十九日を終えまして、一区切りつきました。

返事をした私は、茜と英世を連れ、見舞いに行った時のことを思い出している。入院して二週間後、亡くなる二週間前といったあたりだった。

——お父さん、何だか前より元気に見えるんだけれど。

と茜は驚いていたが、その理由はシンプルで、ようするに顔が穏やかになっていたのだ。頭痛から解放され、仁王像のお面を取ることができたからだ。癌の痛み止めとして使う点滴の力が、父の人生を苦しめていた頭痛を呆気なく退治し、最後の最後で頭痛監獄から釈放してくれたことになる。

——このモルヒネっていうのは、麻薬の一種なのか？

電話で話した際、父は言った。

——詳しくないけれど、そうかもしれないね。

——そりゃあみんな使いたくなるわけだ。

実感のこもる言い方だったものだから、彼は本心から言ったのだろうが、噴き出してしまった。

息子の英世とはここ数年、コロナウィルスのパンデミックにより、なかなか会う機会がなかったため、父は久しぶりに顔を合わせたことを喜んだ。息子の年齢を確認すると、

――英世君の成長を見られないことだけが残念だなあ。

としきりに言った後、自らを納得させるように、

――だけど、きりがないからな。

と続けた。きりがない。本当にそれが一番の問題だと言った。

見舞いから帰宅後、英世は、

――またお見舞いに行きたいな。

と言ってくれたが、次はないだろうと私は知っていた。病室から出る際、後ろを見た時、ベッドの上で父が目を閉じていた。私たち家族との時間を脳に刻みつけ、しまっておこうとしているかのようだった。

その夜、父からのＬＩＮＥには見舞いに対する礼の後に、「英世君に会った時、どこかで見たことがある顔だなあと言ったけれど、誰だか分かりました」と書かれていた。「子供の頃の賢一でした」「賢一君のおかげで楽しい人生だった」


バーの遠くの席で高い声と高い音がする。音のほうが先だったのかもしれない。右奥の小さなテーブルのところで、落ちたグラスをしゃがんで拾おうとしている男性がいた。わっとそばにいた男女が二人、慌ててその男を――危険物から遠ざけるかのように――引き起こした。男は胸板が厚く、背筋が伸びている。髪は短くソフトモヒカンと呼ぶのか、小さな鶏冠《とさか》ができて

おり、顎の形がしっかりとしていた。眼鏡をかけているため、すぐには分からなかったが、知っている顔に思えた。誰だ？　代々木和彦かもしれない。まわりの客たちが、彼にちらちらと視線を送っていた。興味津々、隠せない好奇心とともに憧れめいたものが浮かんでいる。背広姿の男女がバーのスタッフを呼び、掃除をお願いしていた。

——あれ、ＳＰですよ。さすがに守られているんですね。何かあったら大変でしょうから。

体を捻り後方を確認した松村さんが小声で洩らした。大して関心はないのかすぐにワインに口をつける。店内のざわつきはすでに消えており、もともと何もなかったかのようだ。

松村さんの言葉の意味が分からず、曖昧に返事をした。そうこうしているうちに代々木和彦は——その時には私は彼だと確信していた——すたすたと歩き、バーの出口に向かっていく。松村さんにＳＰと見抜かれた男女も追随していった。

ドアのところから出る直前、代々木和彦はふっと足を止め、店内に向き直ると、そこにいる人たち全員に挨拶するかのように深々とお辞儀をした。頑張って！　応援してるからね。任せたよ。期待や祈願のいりまじった呼びかけがあちらこちらから発せられたように感じた。

無理しないでくださいね代々木選手。私のその思いは声に出ていたらしく松村さんが、

——頑張ってくれないと困りますが。国の未来がかかっています。

と言った。カウンセラーの私からすれば、頑張れとは口が裂けても言えなかったが、松村さんも深い意図があって言ったわけでもないだろうと聞き流すことにした。

——ロッテさんとの最後の通話はどうだったんですか。

松村さんに促され、その話をするつもりだったことに気づいた。空中ブランコに対する歓声が遠くに聞こえる。

父とロッテさんとの二度目のリモート通話は、先月の四日に行われた。彼女から予告なしにメールが入ったのだ。時差の関係もあるから、父の面会時だったのはたまたまだったのかもしれないが、すぐにｉＰａｄによるＦａｃｅＴｉｍｅでの通話をはじめた。

——はい、どう、元気？

画面に映ったロッテさんは手を挙げ、軽やかに挨拶をした。ベッドに寝る父がｉＰａｄを持ち、私は横から画面を覗く。先日、喋った時に比べて——「笛を吹く少年」が浴びる光を借りたかのように——彼女の顔色も明るく見えた。

——少し元気がなくてね。まさかとは思うが、癌だったらどうしよう。

父なりの自虐ともブラックジョークとも言えるギャグが伝わったことは、彼女の笑い声で分かる。

——わたしは明日、死ぬ予定だったんだけれど。

ああそうだった。私はｉＰｈｏｎｅのカレンダーアプリを起動して確かめた。うっかりしていた。五日が「その日」だったのだ。明日死ぬ予定だった、と話す人間に今後も遭遇する機会はないだろう。

——そうか、いよいよ。

——だけどね、今日、朝から今までにないくらいに調子がいいの。気分も良くて。

——いいことだね。

——だから、来週に延期してもらうことにしたの。

——え？

——せっかく気分がいいんだから。

——そんなことができるのか。

父は呆気に取られていた。

——もちろん！

ロッテさんは軽やかに声を弾ませる。

父は手続き上の心配をしたわけではなかったのだろう。私もそうだ。もっと別の「道義的な問題として大丈夫なのだろうか」と疑問があったのだ。その日に安楽死をすると決め、医師やスタッフ、家族と意識を合わせ、準備を進めてきたはずだ。スケジュールや作業の準備もさることながら、心の準備という意味では並大抵のものではないはずで、さすがに直前で、気分がいいから延期してほしいとは言い出しにくい。もし私ならば、延期したいと感じたとしても、安楽死をすること自体は決めているのだしそのまま決行してしまうしかないと考える。父も同様のことを感じていたのだろう、困惑しながらも事の次第について確認をした。そして、ロッテさんの話をしまいまで聞いたところですべてが腑に落ちたと言わんばかりの、安堵にも似た溜め息を吐き出した。

——そりゃそうだな。決めるのはあなたなんだから。

何を当たり前のことを言っているのかと今度はロッテさんのほうが、不審な表情を見せる。父は横にいる私に目を向け、心底嬉しそうに立てた親指を揺すった。


松村さんとの打ち合わせを終え——父親のことを書くとしても癌の転移が見つかって以降の父は立派だったから、噓くさいほどに綺麗な、つまらない小説になるのがオチ、下手をすれば安楽死についての小説だと思われますから、ほかに書きたいと思えるものが浮かぶまで待つことにしましょうと確認し合っただけだった——家に帰ると、明日は土曜日で学校が休みだからと英世が寝ないで起きていた。

茜はテーブルにノートパソコンを置き、会社用の資料を作っていた。餃子が残っているけれど食べるなら温めると言ってくれる。

——やめておくよ。悪いね。

テレビに映るニュース番組では国際司法裁判所の決定とルール説明が行われているが誰一人それを理解しているようには見えない。代表する選手たちの紹介、首相の決意表明——殊勝な首相——が聞こえる。

家用のスウェット上下に着替え、リビングに戻った私は普段の通りに風呂に入る準備を始めたが、途中で思い立ち、両足を肩幅ほどに広げた状態で尻を突き出しながら膝を折った。腰が落ちるに従い、太腿に体重がかかる。膝が九十度曲がるその直前まで尻を落とした後で、体を戻す。ゆっくりと時間をかける。ひ弱さが恥ずかしくなるほど脚が震え、膝あたりでポキポキと空気の音が鳴った。日頃使っていない尻や太腿の筋肉が眠そうながら渋々といった具合に、錆びたポンプを動かし出す。どのつまり血流だよ。しゃがんだところで英世が横にやってきて「僕も」と見様見真似で体を動かしはじめた。息が上がる。何回やるのかと訊ねられたら何回でもいいと答えるつもりだったが、英世は自分でやめた。

鏡

お話ししたいことが二つあります。一つは今現在の私の仕事、国家公務員として日夜、国を守るために働いている——と言いますと少々大仰ではありますがその職場での様子を、もう一つは十年前、地元で遭遇した虎にまつわる出来事を、そしてもし余裕があるようでしたらさらに一つ、学生時代に出かけたスペイン旅行、プラド美術館での話も述べられれば幸いです。

いざ語るとなるとどのような順番でどれを主軸に置き、どれを脇に回すべきか思案に余ります。いずれの話もそれぞれに関連があるわけではなく、強いて言えばこの私が登場してくるという共通点はあるものの、話しているうちにそれらの話が渾然一体となることを期待されましても裏切ることになります。

ですのでみなさまがたには——私の愛読する、十八世紀のあの小説に倣えば、奥様奥様と呼び掛けるべきかもしれませんが——これから述べる事柄につきまして、日々の雑感もしくはただの私の生活と意見と受け止め、付き合っていただければと願っています。

今、私の目の前では年百年中《ねんびゃくねんじゅう》優しい顔をしている新渡戸《にとべ》三等空佐がトランプを切り混ぜており、数字合わせゲーム《神経衰弱》をやるためにカードを裏返して広げはじめています。緊張感のない、学校における休み時間のような印象を受けるでしょうが実はそれは誤りで、私と新渡戸三佐はむしろ緊張度の高い任務の最中、二十四時間態勢のアラート待機中でした。領空に近づいてくる他国の飛行機が発見された場合の緊急発進に備えているわけです。

この基地内で二組――二人で一組となります――が待機し、そのうちの一組が五分待機状態、すなわち防空識別圏に正体不明の航空機が接近し、緊急発進命令が出たとなれば、五分以内に発進しなくてはなりません。音速で飛ぶ戦闘機は、領空侵犯してから何分もしないうちに、その気さえあれば本土上空に辿り着くことができますから、まさに一刻を争うわけで、私と新渡戸三佐は耐Gスーツを着用した状態で、F-15Jが待つ格納庫にいつだって飛び出せるように、心の中では陸上競技のクラウチングスタートの体勢でいるのです。

スクランブル発進は非常に神経を使う、緊張感のある仕事です。そのために待機中はできる限り肩から力を抜き、リラックスしている必要があります。他国の戦闘機の資料を読んだり整備状況を確認したりすることもあれば、カードゲームを楽しむことも珍しくありません。神経を尖らす任務中に、数字合わせゲームをやるのは神経衰弱《しんけいすいじゃく》を疑われる可能性はありますが。

数分前に新渡戸三佐は、

――布瀬《ふせ》、おまえはどうしてこの仕事に就いたんだ。どうして自衛隊に入ったんだ。

と訊ねてきました。

――頭の中に絵が架かっているからです。

と答えるべきだったでしょうか。その絵を解釈するだけの鑑賞者でいることに嫌気が差したからです、と。ただそれでは相手に通じないのは明白です。

私は答えるために記憶を辿り、過去の出来事を頭の中で振り返りましたがそうしたところ、久しぶりに再生させた昔のビデオに予想以上に見入るような気分になり、しばらく無言になってしまいました。新渡戸三佐は私に答えにくい事情があるのだと察したのでしょう。

――そういえば、うちの息子が離乳食をはじめたんだけどな。

と別の話をはじめました。並べたトランプをかき混ぜながらです。

――三佐のお子さんはもっと大きかったのではありませんでしたか。自分と同じ二十代後半じゃ。

――いや、二十歳だよ。それが長男でな、歳の離れた末っ子がいるんだよ。今の嫁さんとの子だ。もはや孫のようなもんだな。その子が食べ物を嚙まずにすぐ飲み込むんだ。今は離乳食だからまだいいが消化には良くないだろ。だからこの間、医者に、どうしたものか相談したんだ。よく嚙むようにと言ったところで乳児には伝わらないからな。

――どうしたらいいんですか。

――ベテランの小児科医はこう言ったよ。お父さんがよく嚙みましょう。

――三佐が嚙んで柔らかくするんですか。子供のいない自分はよく分からないですけど、咀嚼《そしゃく》して食べさせてあげるものなんですか。

——違うよ。子供の見てる前で俺がちゃんと飯をよく嚙んで食ってやれば、それを真似するんだと。思えば赤ん坊ってのはそうだよな。こっちを見て、同じことをやるんだ。

私の頭に想起されたのは、ひところ話題になったキーワード、ミラーニューロンのことでした。霊長類の脳にある神経細胞、あれです。サルの前で、物をつかむ動作をしてみせると、そのサルの脳でも、物をつかむ時に働く脳細胞が発火します。そのおかげで人は他者の言動から意図をシミュレートし、人の言動を模倣することができますし、他者の感情を体験し、共感できるわけで、いわば、「人間らしさ」の源とも言えるかもしれません。

——ミラーニューロンが発見された時のエピソードを知っているか。

私にそう話しましたのは兄です。その会話がどこで交わされたのかは覚えていませんが、ここでは仮にスペインのプラド美術館、ベラスケスの絵の前にいた時ということにいたしましょう。

唐突に脳神経の話が飛び出してきたことに、私は困惑しました。私たちは生まれながらに対《つい》となる存在で、一卵性双生児に対して世間の人が抱く印象のように思考は似ていましたし、阿吽の呼吸——阿ではじまり吽でおわる——心を以て心に伝う、といったことが多かったのですが、もちろん万事そうというわけではありません。

兄は説明してくれました。

——研究室でマカクザルの実験をしていた時に、たまたま研究者の一人がコーンアイスを舐めていた。そうしたところ、下前頭皮質に電極をつながれていたサルの脳に、まさにアイスを舐めた時と同じ反応が起きた。サルはアイスを舐めてもいないのに、脳は、舐めているように反応したんだ。それをきっかけにミラーニューロンシステムが発見されたんだと。

その時、私の目の前にはかの有名な、このためにプラド美術館に来たといっても過言ではない名画「ラス・メニーナス」がありました。みなさんご存知の通り、ベラスケス作のこの絵には数多くの注目すべき点がありますが――このことは後で喋らせていただきます――その最重要ポイントの一つは間違いなく、キャンバスの中心からやや左下の位置に描かれている、鏡の存在です。

そこからミラーニューロンを連想したのかもしれません。

――そのサルのエピソードは嘘だったらしいんだ。

――何が嘘。

――脳に電極をつけられた猿が、アイスを舐める研究員を見て反応した、という話は事実ではなかった。ミラーニューロンが見つかった時のそのエピソードは作り話だったんだ。いかにもな感じの話だから広がっちゃったんだろう。それと同じだ。

――何が。

――ベラスケスだよ。当時のスペインの王、ハプスブルク家のフェリペ四世はベラスケスをいたく気に入って、自分の肖像画はベラスケスにしか描かせないと言った。

――そんなに気に入ったのか。

――フェリペ四世が、ベラスケスが落とした絵筆を拾ってやったという逸話がある。それくらい、フェリペ四世はベラスケスを大事にしていたと。

――筆をね。へえ。

――王が、宮廷画家の落とした物を拾うことなんて異例中の異例なんだ。

――それが？

――それも後からできた嘘だと思うんだ。ミラーニューロン発見の挿話と同じだ。いかにもそれっぽい感じがするし、面白い。まあ、それくらい王が、ベラスケスを気に入っていたという意味合いだろう。それっぽいが真実とは違う。

申し訳ありません、新渡戸三佐の末っ子の話から、後で余裕があれば述べようと思っていましたスペイン旅行の美術館での場面に入っていました。とはいえ、かの著名な小説に倣うならば、〝脱線は日光、読書の真髄は脱線〟という部分もあるでしょうから、ついでと言ってしまっては心苦しいのですが、このまま今より十年前の思い出を述べさせてください。

あの時の公民館多目的室の床はとても綺麗でした。おそらく清掃担当者が丹念にワックスがけをしていたのでしょう、その照り具合は思い出すたびに輝きを増していくところがあり、もともと不正確だった記憶が再生のたびに歪みが加わるせいでしょうか、十年が経過した今とななっては、あの時の窓の外の樹についた〝結構な薫のする暖い花〟がくっきりと床に映り込んでいるのが思い浮かびます。

——警察が来る前に話を聞いておくだけだから緊張しないでいいからね。

椅子に腰かけた白衣の女性がそう話しかけた相手は、その脇に立つ若い男でした。予備校通いの浪人生、もっとも身近で見慣れた存在でありながら、私にとってのウィリアム・ウィルソン、もしくは私にとっての〝エドワード・ジェームスの肖像〟とでも言うべき存在、双子の兄でした。

多目的室にどれくらいの人数がいたのかは、はっきり覚えていません。私たちの中学時代の恩師はいましたし、オルラ動物園の園長と飼育スタッフ、それから猟友会の会長と若い猟師がいたのは確かです。若い猟師は青白い肌で顎が突き出ています。それ以外の人数ははっきりしませんので思い出すたびに増減があります。

——落ち着いて。少しずつ話して。あったことを。ゆっくりと。見たものを。頭に浮かんだままに。焦らずに。

女性は公民館にいた、メンタルクリニックカウンセラーという肩書を持つ者で、兄にそう促しました。

——あ、あの。きょ、今日。

兄は流暢に話せませんでした。緊張感や動揺によるものではなく、器質的な理由からです。

私と兄の大きな差異はこの、話し方にありました。兄は生来、話し言葉がスムーズには出てこず、一音符ずつ区切るかのような喋り方しかできなかったのです。小学校の頃はそのことを同級生にからかわれ、だからこそ兄は孤独の中で最上の喜びを得られる遊び、読書に心と時間を捧げるようになりましたが、中学校に入ってからは状況が少し変わりました。それはひとえに担任教師のおかげにほかなりません。先生は体育を受け持ち、柔道黒帯であることから生徒たちから一目置かれ、恐れられていましたが、一方で昔の小説を好んで読む側面もありました。

——モーパッサンの「サン」は「誰某《だれそれ》さん」の「さん」とは違うからな。モーパさんということではないからな。

とつまらないことを言ったがために私たち生徒のあいだでは、モーパさんと渾名《あだな》がつきましたが、ここでいちいちモーパさんと記すのは煩雑になりそうですので、この話の中では「先生」で通すことにします。

先生は兄の話し方、つかえながらの喋り方をまったく気にせず、ゆっくり喋れば大丈夫だから、というような無責任なアドバイスはしませんでしたし、

——布瀬のその喋り方は音楽みたいで嫌いじゃない。

と言っていました。その影響なのでしょうか、周囲の同級生たちの中には、DJのスクラッチみたいでいいじゃないの、といった具合に受け止める友人たちもいて、発言を急かされることも減り、障壁を感じる機会は減りました。

先生は、言葉に関する部分については私が、そうではない部分は兄が担当すればいいと考えていました。

——右脳と左脳。

という言い方をしました。戦場で体が真っ二つになった子爵《ししゃく》に喩えても良かったのでしょうが、そうはしませんでした。

さて、その時の公民館に集まる者たちの多くは——動物園の園長を筆頭に——兄の話し方に苛立っていました。

何しろ兄は貴重な目撃者という立場だったのです。正確な情報を過不足なく滑らかに伝えてほしい、と目撃者に期待するのは当然と言えます。よりによってどうして滑らかにしゃべれない奴が、と思っていたとしても不思議はありません。

動物園の園長は、頭頂部の髪が薄くなった卵形の輪郭で、多情多感、短慮な質《たち》を感じさせる外見でしたが、そこで刺《とげ》のある笑いを発しました。

兄の話し方について、侮蔑的差別的な言葉を投げつけて揶揄したのです。

無論、私は自分の胃や腸を鑢《やすり》でこすられるような痛みを覚えるほどのショックを受け、侮辱への対処が分からず、相手を睨むことよりも足元を見てしまいました。

先生がそこで園長を睨みつけ、中学時代に生徒を叱りつけた時と同じく、大きく息を吸い込む音が聞こえましたが、彼が怒るよりも前にカウンセラーの女性がすっと立ち上がりました。

つかつかと園長に近づきますと、無言のまま鉤形に曲げた右腕を下から振り上げたのです。腰の入ったボディアッパーで腹を突かれた園長はお辞儀をするように体を折ります。呻き声がワックスの効いた床にじわじわと広がり染みをつくるのが、私には分かりました。

カウンセラーの女性は背筋を伸ばしたきびきびとした歩みで、元いた場所に戻ると何事もなかったかのように兄と向き合い、今度は彼女も起立姿勢でしたが、自分の眉間を指差しました。

――ここを見て。

兄ははっとして、カウンセラーの顔をはじめはぼんやりと凝視します。

――それから手を開いて。こうよ。指先に神経を集中して。そう。だんだん緊張してくるから。どんどん緊張して。三つ数えると、手は動かなくなるからね。手を見て、一、二、三。はい、動かなくなった。

彼女は兄の手をつかみ、縦に引っ張り、横に動かしました。

兄の体はびくともしません。

――この緊張が解ければ、自分の声を怖がらずに喋れるようになるわ。すらすらと。今後一生。三つ数えたら緊張が解けるわよ。一、二、三。

彼女が指で兄の額を軽く突いたため、見つめていた私もバランスを崩し、よろめきかけました。

――どう？　今朝、あなたが体験したことを話せるかしら。

その場にいる者たちが、私を含め、おそらく全員が固唾《かたず》を飲みました。もっとも緊張し、もっとも警戒し、もっとも疑心を抱いていたのは兄でしょう。その兄の唇が空気の味を確かめるかのようにふわりと動きますと、

——話せます。

短いながらもするっと文章が出てきたため、私は目を見開きます。器質的要因が関係しているにもかかわらず、効果があるとは。

——予備校がないのでゆっくり眠っていても良かったんですが、目が覚めて。夜中の雷にはまったく気づかなかった。俺、眠るとぐっすりなので。軽く朝食を食べた後で、雑誌を買いにコンビニエンスストアに買い物に行ったんですよ。菓子パン二つと、小腹が減った時のためにカールとチョコを買って、あとは何だったかな。家まで帰ろうと思って道を歩いていたんですが。今までの歩いては立ち止まり、歩いては立ち止まる話し方が、もはや、ランウェイを歩くモデルのような滑らかさでした。

——無駄に、すらすらじゃねえか。

誰かがぼそっと言うのも聞こえました。

——そこで会ったのね。

——会ったというか、見つかってしまった、と言うべきかもしれない。たまたま、あれが前を通ったんです。はじめは何が前を通過しているのか理解できなくて。まさか虎がそんなところ

にいるだなんて。足が動かなくなりました。不思議ですね、本当に体が固まっちゃったんです。

——立て板に水どころか、マーライオンじゃねえか。

兄の喋り方があまりに流暢になったため、先ほどの男性がまたしてもぼそぼそと嘆きました。カウンセラーの女性は発言の主《ぬし》を探すように振り返り、眼光鋭く睨みます。

——ライオンじゃなくて虎の話をしているんですよ。

そして兄は、自分が虎と遭遇した場面を述べるのでした。以下はその兄の目撃談です。


コンビニエンスストアから自宅までの道はいつもと変わりませんでした。北から南への一方通行で左右には低層のマンションや木造アパートが並んでいますが、外科診療所の跡地だけはぽっかりと空いており、先の尖った草が伸び放題で「管理地」の看板を覆い隠しています。いったい何を管理しているのかとあざ笑うかのようでした。

車通りは少なく、人も通らず、夜のうちに上がった雨は車道をひんやりとした色に染めています。

虎がそこにいました。

草だらけの空き地からぬっと姿を見せ、ゆっくりと私の前を通り過ぎようとします。

私は心臓を見えない手につかまれ、少しでも動いたらこれを潰すと脅されたかのように、と比喩を使っても良いかもしれませんが、正確には、脳からの警告により中枢神経や自律神経が反応し、体が硬直したわけです。血圧と心拍が上昇し、瞳孔が開きました。

ここでみなさんは素朴な疑いを感じるのではないでしょうか。

私は多くの日本人がそうであるように、過去、虎に襲われた経験はありません。にもかかわらず、目の前の生き物が虎だと認識するよりも先に、恐怖反応が出たのはなぜなのか。

いくつもの可能性が考えられますが、おそらくは、小脳扁桃に宿される霊長類としての記憶が助言してくれたからでしょう。

脳には、大昔の人間たちからの申し送り事項が刻まれているのです。

たとえば、

――大型のネコ科動物はほんとやばいよ。まず足音しない。動き素早い。それに迷彩。迷彩模様、まじ有効。しかもあの歯。気づいた時には背後から忍び寄ってきて食われておしまい。ほんとだって。何人もやられてきたんだから。とにかく、虎とか豹、まじでやばい。これだけは覚えておいて。で、次にも伝えておいて。

といったご先祖様からの伝言が虎の巻として脳には備わっていますから、体が即座に反応します。

虎は非常に大きい体をしていました。車道をほとんど遮るほどの体長で、前脚の付け根、肩のあたりと呼ぶべきなのかもしれませんが、その丸く膨らんだ骨格が生々しさを感じさせます。

茶色と黄色のまざった体、頬のあたりから生える白い毛と、鼻にかかる明るい茶色、毛皮のようでした。黒い縞もくっきりと目立ちます。

鳥肌が立ちました。恐怖による正しい生理的反応――敵に対して毛を逆立てて自らを強大に見せるため――ではあったのでしょうが、一方で、目の前の生き物に美しさを覚えたせいではないかとも思います。

美しさの源泉は、たとえばホモ・エレクトスの作った武器に左右対称の装飾がなされていたことからも分かるように、対称性やバランス、脳の処理しやすいものにあったという話は有名です。

ただその時の、生々しい虎の美しさは、シンメトリからは程遠く、もっと別の、親しみやすさと恐怖、ありきたりではない郷愁から生じていたのかもしれません。

もちろん私の脳は、自分の町に突如出現した大型ネコ科動物のことをすぐには受け入れられませんでした。

――柘榴《ざくろ》のまわりにミツバチが飛んだから、虎が飛び出したのだろうか。

そのような理屈が頭で展開されそうになったのは、左脳が得意の、辻褄合わせ――いわずもがな、ダリの絵からの連想です――をはじめようとしたからでしょう。

とにかく、目の前の黄色と黒の入り混じった毛並みの肉食獣が地面を蹴った瞬間、私は首筋に穴を開け、血を流して絶命することだけは理解できました。

自分が呼吸をしているかどうか不安になり、いちど息を吐き出し、すると右手が動くことが分かりましたので、ゆっくりと人差し指を出しました。戦略や予想とは無関係で、ただふらっと東方向に指を向けただけだったのですが、物は試しでやってみるものですね、虎は前脚を持ち上げ、音もなく歩き、マンションの裏手に姿を消し、そうして私は命拾いをしたのです。

――それはまた貴重な体験でしたね。

いつの間にか私の兄のそばには男がいて、笑っています。先ほど少し触れましたが、それが若い猟師です。青池聡《あおいけさとし》という名前でした。

彼が猟友会会員であることは、黄と橙のツートンカラーベストを着ていることからも明らかです。県の猟友会のほかのメンバーが七十歳前後であるのに対し、この男だけがひときわ若く、三十歳前後のようで、そのことが猟友会会長もどこか誇らしげでした。

兄がさらに話を続けました。

――はじめ、その虎は自分の見間違い、幻のようなものだと思いました。何しろ、虎がいるわけがないから。深層心理のような、自分の抱えている不安が、たとえばつい先ほどまで、自分がうまく話せないことに劣等感を抱いていたので、そのことから将来への心配が絶えず付き纏っていたんです。その心懸かりが自分を襲う肉食獣の姿で発現したのではないか、もしくは今年の干支は寅だから、それが関係しているのかもしれないと、もちろんどちらもまったくの、論拠ぐらぐらのたわ言に過ぎないですが、そう思いました。家に帰ったあたりで少しずつ平静を取り戻して、先生に電話をかけて相談をしました。中学卒業後も、困ったことがある時には先生を頼るので。

動物園から逃げたのではないか？　確認してみるか。

先生はそう言い、すぐに市内唯一の動物園、オルラ動物園に電話をかけたそうです。

オルラ動物園職員は虎の数が合わないことに——二頭消えていることに——ちょうど青褪めていたところでした。

虎はもともと三頭いました。さすがに三までの数字を数え間違えることはなく、単に「一」と指差してそのまま固まる、という動きを繰り返していただけだったと想像しますが、とにかく動物園側は、先生からの連絡に前のめりで応じました。

——話を聞かせてください。

警察に通報したのは動物園側のようですが、その後で私がどういう流れで公民館に集まることになったのかは覚えておりません。

——ええと彼が虎に遭遇した道路まで、動物園からは二キロくらいですよね。虎はこういう経路で来て、その空き地に潜んでいたということですか。二頭ばらばらに動いているんですかね。

ホワイトボードの前に地図を貼った青池聡はマジックで線をぐりぐり引っ張ります。

——そういえば、虎って夜行性なんでしたっけ。

青池聡が質問した相手は、専門家であるところの動物園の飼育職員でした。

動物園職員は血走った目をかっと見開き、早口で言いました。

――虎は夜行性です。ただ昼間も活動しますし、今は興奮状態にあって本人も、いや本虎も、状況を把握できずにひたすら移動しているのかと。二頭ともほぼ同じ大きさで、体長百六十センチメートルほど、体重は二百キロです。

――そんなに重そうに見えなかった。

兄は言いました。虎の体の輪郭は、しなやかな曲線でできあがっており、右方向へ歩き出した際の立ち振る舞い方には敏捷さが見え隠れしていたそうです。

――いったいその虎、今はどこを歩いているんだろう。もっと目撃者がいてもおかしくないのにな。

猟友会会長が首を捻りながら顎鬚《あごひげ》を撫で、額に刻まれた皺をなぞります。

――大変なことになりますね。

そう言ったのは誰だったのか。青池聡であったのか猟友会会長であったのか、もしくはカウンセラーの彼女かもしれませんし、動物園の職員だったのでしょうか。

動物園の園長はずいぶんくたびれた顔をし、公民館に最初に入ってきた時点から刻一刻と老けて――生き物はすべてそうだとも言えますが、それにしても加速度的に老いて――いるようでした。

オルラ動物園の檻の閂《かんぬき》が外れていたのは責められるべき失態でしょう。ただし通常であれば、深夜に虎が屋外の飼育エリアに出てくる程度で済んでいました。運が悪かったのは落雷による停電が重なったことです。電気柵から電気を除けばただの柵ですから、雷の音で驚いた虎が激しく動き回った結果、勢い余って乗り越えてしまったのです。

動物園側もついていなかったと言えます。

とはいえ虎の脱走を把握してから警察への通報までに時間がかかったのは、動物園側の落度です。現実を受け止めたくないために、例の「一」を何度も数えてしまったのでしょう。どうにか表沙汰にならないようにできないかしら、の思いがあったとしても不思議はありません。知り合いの猟友会メンバーに連絡をし、警察よりも猟師メンバーが先に揃ってしまっていたのですからこれもまた、さまざまな邪推を産むでしょう。

実際、その後の動物園に対する批判はひどいもので、槍玉に挙げられた関係者が自殺することになるのですがその話には触れずにおきます。人が死ぬ話はまっぴらですし、少なくともこの時点ではまだ、みなが前向きに対策を練ろうとしていたのです。

――しばらくは虎探しと虎退治か。時代が時代なら立派な仕事だろうがな。

猟友会会長はこれからが出番であるにもかかわらず、すでに出番を終えた疲労を滲ませていました。

――時代が時代ならって、今の時代だとどうなんですか。褒められないんですか。

先生が質問しました。

猟友会会長はそこで左手で作った拳を耳に当てるしぐさをします。すなわち架空の電話を、いえ、電話をかける架空の人物を模し、

――虎が可哀想！

と甲高い悲鳴を発しました。

公民館の外に車が、警察車両が二台到着します。糸瓜《へちま》に似た顔の青池聡が目をぬめらせていることに私は気づきます。慌しくみなが警察を出迎えに行く中で、私は兄と目が合いました。

先生が近づいてきて言います。

――虎は今どうしているんだろうな。


虎は鼻をひくつかせた後で、溜め込んだ感情を喉から爆発させるように咆哮《ほうこう》する。胃の底をびりびり震わせる重い声が轟いた。

虎が吠えたことで、間合いを取っていたライオンが動いた。地面を蹴って襲い掛かったかと思うと虎の首筋にがぶりと噛みつく。

どっと観衆が沸く。大人も子供も。

――この祭りで六千ドゥカートも遣ってるらしいな、陛下は。

長い髪のフランシスコ・デ・ケベード《Quevedo》はその観衆の最後方にいた。鼻の下から左右に股を開く格好の、自慢の髭を指でなぞる。もちろん鼻眼鏡を着用している。

大勢の観客の後ろからはなかなかよく見えないため、木箱を一つ持ってきて踏み台にしていた。ケベードの隣には同様に、箱の上にディエゴ・デ・アセードが立っていた。通称エル・プリーモ。ケベードよりも何倍も高く箱を積んでいるが、視線の高さは変わらない。

身長が子供ほどしかない。鼻筋が通り、髭をうっすらとたくわえた顔つきは精悍で、一般的な身長からするとあまりに小柄だ。四頭身と言ったところか。小人といった言い方は、一毫の差別心もなかったとしても――ないからこそ――避けるべきか。成長ホルモン分泌不全性低身長症と思われるが、十七世紀ではもちろんそのような言い方はされていなかった。

――陛下も王子が生まれるまで四人の子供を亡くしているのだから、喜びもひとしおだろうな。

エル・プリーモはそう言う。

――俺ならこんなことには金は遣わないがね。動物同士の殺し合いの何が楽しいのか分からない。

噛みついたライオンを、体を揺すって虎が振り払った。観客たちがまたざわめくが、そこからまた膠着状態になる。

――ケベード、おまえは、そんなんでよく作家なんて言ってるよな。

すでに五十歳のケベードは、自分の息子もしくは孫と言ってもおかしくはないほどの年齢のエル・プリーモに失礼な物言いをされても、腹を立てることはなかった。

――どうしてだ。

——殺し合いは人間の基本だろ。そうじゃなくとも、みんな、何かを壊したいもんだ。誰かの大事な水甕《みずがめ》を割ったらどう思う。大事なものを壊すのは快感だ。それが人の本質じゃないのか。作ることと壊すこととどっちも楽しめるのが人間だ。

——虎よりも人間のほうがひどいような言い草だな。

——人間よりも虎のほうがよっぽどいい。そんなことも分からないから、セルバンテスより有名になれねえし、いつだって評論家からの批判にびびってる。おまえは尻の穴の話でも書いてればいい。

——尻の穴の話ってのは何だ。

——尻の穴はいつも大変ですねって話だ。目やら鼻やらに比べればな。たとえば目は美人を見ることができるだろ。鼻は美人の匂いを嗅げる。口は美人と接吻ができる。羨ましい。そこで尻の穴が俺だって楽しみたいと張り切ったら。

——どうなる。

——火あぶり。尻の幸運と不運の話だ。

——面白い。

——なあ、ケベード、俺を宮廷に呼んでくれよ。オリバーレスの覚えめでたいおまえならできるんじゃないのか。俺はたぶん、王も王妃も喜ばすことができる。頼むよ。

ケベードは髭をしずかに指でこするだけで、うんともいやとも言わなかった。

先代のフェリペ三世と今のフェリペ四世には共通点が多い。両者とも政治は寵臣に任せきり——三世はレルマ公爵に、四世はオリバーレス伯爵に——狩猟と女にうつつを抜かし、ぼんくら王、無能王、フェリ屁王、と陰で揶揄されている。

ただし宮廷の道化《グラシオーソ》に対する扱いは正反対だった。

先代は宮廷からそういったおどけ者たちを追い払ったが、フェリペ四世は好んで集めている。宮廷は退屈だから道化に賑やかなことをさせて、気を紛らせているのか。もしくは彼らの姿や言動に滑稽さを見出して、愉快に思っているのか。

凜々しい顔つきをした、小柄なエル・プリーモの、遠慮のない物言いは歓迎されるだろう。

観衆たちは依然として大きな円形の柵を遠巻きにし、眺めている。ブエン・レティーロ宮の小広場に作られたそれは、動物用のコロシアム、即席の闘技場だ。

ライオンと虎、熊、ラクダ、馬、ラバ、牛、キツネ、サルに山猫と雄鶏が放り込まれ、強制的に決闘をさせられている。むろん彼らに戦う理由はなく、ファイトマネーもベルトも名誉も関係がないのだから、放っているだけでは争わない。円形の即席闘技場の中心に亀形のエリアを作り、そこに兵士たちが何人も入り、槍を突き出し、外側にいる生き物を痛めつけて闘争心を煽っていた。

——牛は大健闘だ。そう思わないか。牙も爪もないってのに。

エル・プリーモは嬉しそうだ。

デスマッチのリングに残っているのは牛、ライオン、虎、熊の四頭だった。いずれも無傷なわけがなく、よろよろとし、えぐれた痕から血を——砂時計の経過を示すかのように——流している。

——陛下は本当に楽しんでるのか？　あの顔、ぴくりとも笑っていないぜ。

エル・プリーモは遠くを指差した。広場の反対側に貴賓席とも呼ぶべき場所がある。王とイサベル王妃あたりがいるのは分かるが、さすがに表情までは見えるわけがなく、ケベードも半信半疑で、

——目がいいな。

と言った。祭りがはじまった時には青い海面を思わせていた空がいつの間にか、雲に覆われはじめ、灰褐色に濁っている。

青白い肌に細い顔、突き出た顎に厚い唇、ハプスブルク家は代々その顔だ。近親婚を続けたことが原因なのか、その濃い血、青い血の継続が、やっぱりあれがハプスブルク家の顔だよねという共通点を生み出している。フェリペ四世も例外ではなく、怯えるような心許ない顔つきは覇気がない。国外の客人からは、彫刻のようだと不気味がられた。

——あれだけ表情が変わらないんだからベラスケスも肖像画を描くのが楽だ、とよく言われている。

——ケベード、そう言えばあれって本当なのか。陛下が、あの画家が落とした絵筆を拾ってや

ったってのは。自分のちんこですら持とうとしない陛下が、たかだか画家の筆を拾ってやるなんてあるのかよ。

――ベラスケスの絵はいい。見たことがあるか。あれはすごいぞ。

――どうせおべんちゃらで、美化してやってるんだろうが。

――それなら陛下は怒るだろうし、まわりも軽蔑するだけだ。ベラスケスはそんなことはしない。ただひたすら本物らしく描こうとする。実物の中に隠れている本物を引っ張り出す。だから嘘がない。あれの手にかかれば、水瓶もグラスも、陛下も気高く描かれる。

――グラスと陛下がねえ。身長の足りない俺もか？

――もちろんおまえもだ。

――だからって陛下が筆を拾うかよ。

――俺はその場面を見たぞ。拾ってやるところをな。

観衆から興奮が弾けた。動物バトルロイヤルの様相が変わっていた。渋々戦わされていた虎やライオンたちにまざり、人間も参戦していたのだ。もちろん彼らも渋々だ。なかなか決着がつかないことにフェリペ四世が痺れを切らしたのだろう。自分の肝煎り企画を終わらせるため、手っ取り早く動物を殺すよう指示を出したようだ。

人間たちの奮闘により虎が倒れ、ライオンも血を流した末に動かなくなった。熊も複数の兵士の長い槍により、体を刺された。残ったのが、ベスト4進出の中では唯一の草食獣、牛、という番狂わせだ。

牛は、ほかの草食動物の思いを一身に背負ったわけではあるまいが、兵士を後ろ脚で蹴飛ばすと突進して柵を破壊した。

そのまま走り出す。

てんやわんやとなったのは観客たちだ。つい先ほどまで自分たちは安全地帯にいて、額縁のこちら側で、皮を剝がれたマルシュアスを眺めるような他人事であったのが、今や自分たちが皮を剝がれかねない事態なのだ。

悲鳴があちこちで上がり、人々が巻き上げる砂埃が遍満する。

エル・プリーモは相変わらず高見の見物で、逃げ出そうとしなかった。右手を庇のようにし、広場の反対側に目を凝らした。

フェリペ四世がいる。

帽子を被った無表情のまま、マントをひらりと翻すのが見えた。

銃を構えている。

音が響き渡った。フェリペ四世の左右にいた者たち、そこにはイサベル王妃もいて、耳を慌てて手で塞いでいる。

牛が動きを止めると同時に、周囲が静まり返った。

——陛下、狩りの腕は一流。

エル・プリーモが口笛を吹かんばかりに洩らすと、牛が横向きに倒れ、広場をどしんと震わせた。

その震えは宮廷にまで届き、――さすがに言いすぎなのは分かる。ブエン・レティーロ宮から宮廷までの距離を考えれば牛が倒れた振動が伝わるわけがない。が、仮に伝わったとしても――工房でガラス皿を使い、赤い顔料に油を混ぜ合わせていたディエゴ・ベラスケスが顔を上げ、何かあったのだろうかと外に視線をやった。この男、本当に二枚目である。

――本当にベラスケスってこんな顔だったのかな。

プラド美術館、「ラス・メニーナス《侍女たち》」を前にして私が最初に言葉に出したのは、それでした。名画の中の名画と言われ、西洋美術に関する本の表紙として至る所で使われている有名な絵を前にした感想がそれか、と兄は哀れむようなまなざしを私に向けてくるのが分かります。

私はその絵の前に立った瞬間、身動きが取れなくなりました。高さ三・二メートル幅二・八メートルの大きさのせいもあるでしょう、自らが包み込まれるような感覚に襲われ、それはまさに例の、虎を目の当たりにした際の脳の硬直と限りなく等しかったのです。身動きが取れず、自分の立つ場所の底が抜けたような心もとなさと、解放感がいちどきに去来しました。

――ほかに何も感じないのか。

と兄は言いましたが、むろん私は感じていました。ほかに何も感じていないどころか、そのほかのすべてを感じていたと言えます。〝意識の浜辺に大波が打ち寄せ〟てきて、言葉はすべてかき消されました。

人はなぜ感動するのでしょうか。

美しい景色に心を震わせたところで、生物の繁栄のために役立つとはなかなか思えません。ものの本には、人間は満天の星や自然の風景を眺めることで、もともと自らにプログラムされているテストパターンと実際の知覚とを比較し、不変であることを確認し、注意力を緩める喜びを感じる、それが感動だ、と書いてありました。

昔からよく知るパターンには心が落ち着くということでしょうか。

ただそれだけでは、私たちは永遠に同じパターンしか手にできません。知覚パターンの再確認、定期点検に過ぎません。できるならば、そのパターンを更新したいところです。つまり、ありきたりでないものを求めてもいます。

ありきたりでないものは、私たちに新しい知覚のパターンを獲得させてくれます。しかし、あまりに現実とかけ離れたものでは、パターンの拡張につながりません。

ですから私たちの脳は常に、自分の知るパターンから少しずつ変化を加えた、新しいものを求めているのではないでしょうか。

私たちの脳は、懐かしくも新しいもの、「ありきたりではないけれど、新しすぎないもの」を探しています。

感動は、その動機付けと言えるかもしれません。

その時の私は「ラス・メニーナス」を前に大いなる感動を受けていたのですが、ただその感動を因数分解し、言葉にすることは難しかったのです。その結果、

――本当にベラスケスってこんな顔だったのかな。

という無味乾燥な呟きしか発することができませんでした。

――ベラスケスは自分の顔も真実そのままに描いたはずだ。どんな相手でも本物そっくりに、美化せずに描いていたんだから。醜さを炙り出すような意地悪はせず、むしろその人が持っている気品を引っ張り出す。どんな階級の人物も、人に限らず物に対してだって、首尾一貫、同じ視線を向けていた。どの絵もほかの絵と同等に、気品があふれているじゃないか。自分自身に対してもそうに決まってる。

みなさんご存知の通り、「ラス・メニーナス」の左側にはベラスケス本人が描かれています。絵筆を持ち、大きなキャンバスを前にし、こちらを見つめ、その横にはマルガリータ王女、侍女たちや犬が並び、姿を見せています。私たちは、彼らからのたくさんの視線を感じるわけです。

「ラス・メニーナス」の絵の内容についてここでくどくど述べますのは大半の方からしてみれば、ただの時間の無駄でしょう。何しろ「名画の中の名画」です。仮にご存知ない方がいましても、ネットの画像検索をすれば絵のおおよその外貌はつかめるはずですので必要最低限に済

ませることにします。

「ラス・メニーナス」とは「ベラスケスが描いた絵」です。

これは間違いありません。

もう少し詳しく書きますと、こうなります。

「ラス・メニーナス」とは「(ベラスケスが、フェリペ王とマリアナ王妃を描いている)場面をベラスケスが描いた絵」です。

絵の中にベラスケス自身がいるわけですから。

ただ、この絵にはほかにも、たくさんの人たちが描かれていますので、それを含めますと「ラス・メニーナス」とは「{(ベラスケスが、フェリペ王とマリアナ王妃を描いている)ところに、マルガリータ王女や侍女たちや宮廷矮人《わいじん》が集まっている}場面をベラスケスが描いた絵」。

となるわけです。

——あの真ん中の鏡みたいなのは何なの?

私が訊ねますと兄は即座に言います。

——まんまだよ、鏡だ。映っているのが、フェリペ王とマリアナ王妃だ。二人はその鏡にしか描かれていない。ようするにこの絵のこっち側、俺たちが立つこのあたりに二人がいた設定なんだろうな。

――設定という言い方でいいのか。

――設定だよ。実際にこんな場面があったとは思えない。仮にあったとしても、ベラスケスが絵を描いている間、みんながこの格好でじっとしていたと思うか？　ほかの肖像画だって、ベラスケスは簡単にデッサンをして、顔を描いたらあとは自分のアトリエで記憶と想像を頼りに完成させたんだ。とにかくこの絵の中のベラスケスは、俺たちが今立っているこのあたりの位置の王様たちを描いているってことだ。

私に限らず誰もが、自分がモデルとなった気分になるはずです。息を止め、身じろいだら叱られるのでは、もしくはベラスケスの作業を困らせてしまうのではないかと緊張します。

――このベラスケスが描いているのは、王と王妃じゃなくて、この真ん中にいるマルガリータ王女だという説もあるらしいが。

兄が言います。

「ラス・メニーナス」とは「〔(ベラスケスが、マルガリータを描いている) ところに、侍女たちや宮廷矮人が集まっている〕場面をベラスケスが描いた絵」。

――だとしたら、鏡に王様夫婦が映っているのはどういう意味があるんだろう。

――その場合は、これは鏡じゃなくて、昔、夫妻をベラスケスが描いた肖像画だという説らしい。二人を一緒に描いた肖像画は見つかっていないが。

諸説あるということなのでしょうが、私のような素人が眺める限りでは、最初に兄が言った説明がもっとも素直な解釈に感じられもしました。

――この絵の中に入っていく映画がある。

兄が言いました。

――映画が？

――この絵を観ると、誰もが物語を考えたくなるんだろう。あまりにも容易に物語を考えさせすぎる。だからなのか、「ラス・メニーナス」をモチーフにした作品は数多くある。たとえば、この絵に描かれている人物が誰なのかは、ほとんど特定されているんだが。

兄は絵を指差し、一人ずつの説明をはじめました。果たして、プラド美術館のその場で、私たちはのんびりと話をしていることができたのでしょうか。どこか別の場所、カフェかどこかで図録の絵を見ながら交わした会話のようにも思いますし、そちらの方が現実味が増すというのでしたら美術館を出てカフェに移動した旨を補足すればいいのですが、とにかく私の記憶によればそれは、実物の絵の前でなされました。

白いドレスを着た幼い、コルセットと、ランプシェードのように大きく広がるスカートを着たマルガリータ王女、その王女の御機嫌を窺い、傅《かしず》く中腰の姿勢を取っている侍女二人、それから宮廷矮人と思しき二人――顔つきがふっくらとしたマリバルボラと少年のようなニコラ――、その後ろにいる王女の付き人、兄は次々に紹介をし、その付き人の横にいる少し薄暗く塗られた人物に人差し指を向けると、

――これが誰なのかは分かっていないらしい。男なのか女なのか。だから、この正体不明の人物を登場させる小説もある。見るからにこの人物は妖しいからね。妖術師として物語を考えることもできるだろう。この男が、ベラスケスに「ラス・メニーナス」を描かせたという物語を、読んだことがある。こっちのニコラを主役にした話もあれば、ニコラに足で小突かれている犬に焦点を当てた小説もある。オスカー・ワイルドのあの童話、王女が「次に連れてくる侏儒は心臓のないものにしてね」と洩らすあれだって、この絵が発想のもとだ。ベラスケスには黒人の奴隷がいたんだけれど、彼を主役にした小説もある。

――どんなものでもどこかにすでにある。

一つの絵を原材料に、さまざまな言葉や物が消費されていくさまを私は思い浮かべてしまいます。

――俺もひとつ気になることはあってね。

兄が恥ずかしそうに続けました。

――何が気になるんだ。

――この男だよ。

そう言って兄が指し示したのは、「ラス・メニーナス」のほぼ中央、私たちからすればもっとも正面の位置と呼べるところに立つ黒い服の男でした。このドアの人物も鏡同様、この絵における重要な要素の一つなのは明らかです。

開いたドアに手をかけ、やはりこちらを見ています。

この巨大なキャンバスの中で人物が描かれているのはほぼ下半分のみで、ほとんどは室内の描写に費やされており――それこそがこの絵の、ほかの肖像画とは圧倒的に異なる奥行きを生み出しているのですが――その部屋のドアの部分にもっとも光の焦点が当たっているようにも見えます。

――もしこの男がここにいなければ、この絵の印象はだいぶ違う。

――そうかな。これは誰なのか分かっているのか。

――いい質問だ。彼はホセ・ニエト。やはり宮殿で働く侍従だった。ただ見てみろよ、似ていると思わないか。

――誰と？

兄は絵の左側に描かれているベラスケスを、主人公のようにも陰から支える黒子《くろご》のようにも見えるディエゴ・ベラスケスを目で指すようにしました。

――ベラスケスと似ている。

――そうかな。

――こっちの扉に立つ男のフルネームは、ホセ・ニエト・ベラスケス。

――そっちもベラスケス？

――親戚という話だけれど、俺は信じていない。

――どういう意味で。

――ホセ・ニエトなんて男はいなかったんじゃないか。

――ここにいるだろ。現にここに描かれてる。それに記録に残っているんだろ。

――描かれていることは全部、真実か？　記録を全部鵜呑みにしていいのか？　ベラスケスはモデルがいないと描けなかった。神話画を描くにも何を描くにも、身近な誰かをデッサンしないとはじまらない。絵の中は全部、フィクションだ。

　真実と真実らしさの違いについて私は考えてしまいますが、兄は力説を続けます。

――ベラスケスは、自分を見るもう一人の自分に気がついていたんだ。当時、鏡は高価だった。ただベラスケスはいくつか鏡を持っていて、それを気に入っていた。たぶん、しょっちゅう眺めていたんだろうな。

――うっとりと？

――鏡は、人を自惚れさせたり、慢心を消毒したりすると〝漱石の猫〟も言っているだろ。傲慢なやつを調子に乗らせて、害を生み出す出来事の三分の二は、鏡のせいだと。ただ、ベラスケスの場合はそのどちらでもなかった。

　ベラスケスの何を知っているのだ、友達か、と私はからかいました。今の時代でしたら、ベラスケスのＳＮＳでもフォローしているのと茶化しても――うけるかどうかは別として――良かったことでしょう。

――ベラスケスは、鏡に映るものに関心があったんだ。鏡を通して見れば人間も一つの物としか見えない。

――物？

――おまえも気づいてはいるだろ。鏡にはこっち側のものがそっくりに映っている。けれど、

――けれど？

――しょせんは平面だ。

私には何を説明されているのか分かりませんでした。

――鏡は平面だ。二次元のところに、三次元の現実があるように見えているだけだ。絵も同じだ。映画もそうだ。どれほど実感があっても、しょせんは平面なんだ。どんなに瓜二つでも、鏡の中のものは、ただの物に過ぎない。

兄の話を聞いているうちに、腑に落ちるものがありました。「ラス・メニーナス」の絵に対する違和感、ほかの絵とは異なる印象がどこから来るのか、もしかするとそれはベラスケスの作品における全般的な特徴なのかもしれませんが、その所以《ゆえん》が分かったように思ったのです。

この絵の中では、人物も室内の装飾もすべてが等しく「物体」として描かれているのです。本物そっくりの実感を伴っているにもかかわらず、そこにあるのは真実とは異なる物体でした。

私の意見に兄は、これはまったくもって予想外の反応でしたが、同意してくれました。

——すべてを物として捉えるってことは、客観だ。ベラスケスは客観的に、あまりに客観的に対象を見ていたというわけだ。無機質に、無感情に描くわけではなく、客観視したために気品が引き出されている。ただ俺には、このドアに立つ男だけが「物」ではなく「人」に思えるんだ。主観と呼ぶべきかどうかは分からない。兎に角、ベラスケスの中のもう一人のベラスケスが、この絵を外から眺めているんだ。いわばドアにいるのが作家で、大きく描かれているのが私小説内の作家だ。

——深読みご苦労様。

私は兄をからかいます。人は、意味のない数字の羅列からも意味を見つけ出そうとします。本来であれば、こじつけは兄よりも私の役割だったのかもしれませんが、その時は兄が言いました。

——ベラスケスの中のもう一人のベラスケス。自分を客観的に見る外側の自分、それがこのドアのところの男かもしれない。しかも、この男だけが、このキャンバスに何が描かれているのか見えている。

「絵の中のベラスケス」が向き合っているキャンバスは、侍女たちにも見える角度です。彼女たちも絵を見ているのでは、と指摘すると兄は、侍女たちはマルガリータ王女や王たちに視線をやっているためキャンバスは見ていないのだと主張します。

——何より重要なことを言うぞ。いいか。もう一人のベラスケス、ドアのところのホセ・ニエト・ベラスケスはキャンバスの絵に何が描かれているのかを把握しているんだ。

兄はこのドアの男への嫉妬を口にしました。

私はまじまじとその絵の男を見てしまいます。

このキャンバスに――あのキャンバスに――いったい何が描かれているのか、私たちには永遠に分かりません。おそらく、「ラス・メニーナス」を描いたベラスケス自身も、「絵の中のベラスケス」が〝実際に〟何を描いているのかは分かっていなかったのかもしれません。

ドアのところに立つ片足を曲げたその男の表情は不明瞭です。ベラスケス特有のタッチにより、ぼやけていますし、じっと観察するようにも、笑っているようにも、もしくは別のことを考えているようにも見えました。古代ギリシアの哲学者の表現を借りますと、直観《現在》と期待《未来》と記憶《過去》のどれを表現しているのか、区別がつかない顔つきでした。

――キャンバスに描かれているのは何なのでしょうか。

ドアのところに立つ男に問いかけたくなります。

――ここにいたんですか。探しましたよ。

ドアのところに立つ男は言いました。気色《けしき》ばんだ様子です。教室には、私と兄、そして恩師であるところの先生がいました。私たちは私たちなりに、人目を忍んでそこに来たつもりでしたから、青池聡に探し当てられたことでしばし気が動転し、声が出ませんでした。

小さな机が規則正しく整列されています。中学生の頃の自分たちはそれなりに規則からはみ出し、教師や大人に反発して大人になっていたつもりでしたが、こうして教室を眺めますと、所詮は教育システムの管理下で、思春期の苛立ちや反抗心をいいようになだめられながら、成型加工されていたのだと感じずにはいられません。

突如現れた青池聡は、母校を懐かしんでいる私たちからすれば、思い出に無理やり入り込んできた闖入者《ちんにゅうしゃ》でした。

彼の着用している猟友会のベストは、ほんの五日前には垢抜けないただのユニフォームでしたが、いまや頼りがいのある甲冑、由緒正しい戦士の衣装となっています。

青池聡の姿勢も良くなっています。五日のあいだに胸がどんどん張られ、背筋が見る見るまっすぐになったのかもしれません。

——君のことをマスコミが探しているんですよ。

マスコミが嫌なのでここに来ていたのだ。兄はそう言いました。言葉は閊《つか》えながらです。公民館の多目的室であのカウンセラーの女性が暗示をかけてくれたことで、兄の話し言葉はすらすらとなりましたが、彼女自身が「今後一生、大丈夫」と言っていたにもかかわらず、その効力は日に日に落ち、すでに以前と変わらぬ喋り方に戻っていました。やぶ医者の「これでもう安心です」と同じようなものでしょう。兄はそのことを特段、残念がる様子もなく、むしろ慣れた故郷に戻れたかのような安堵も見せています。

――町が浮き足立っていて困るんだ。

私は言います。

二頭の虎が動物園を逃げ出したニュースはすぐに広まり、カメラを持ったテレビ局の関係者や記者たち、野次馬、ハンター気取りの者たちをこの町へ呼び寄せることになりました。

気配も足音もなく移動する虎はもちろん恐ろしく、いつ襲ってくるのかも分かりません。報道が流れた後の私たちの町ときたら、住人の大半が家に閉じこもるようになり、外に出る者もほとんどが車かバスを利用するため、知っている顔が路上から消えました。

外出禁止令が出ましたが、「無用の外出はご遠慮ください」といった控えめなものでしかありませんでしたから、「用はある」と胸を張るマスコミ関係者は――そもそもここに住んでいないのですし――外を闊歩しています。

虎を目撃したのは、兄のほかにもう二人いました。

スーパーマーケットのパートのために出勤する四十代の女性と、気分が悪く学校を早びけしてきた男子小学生です。前者は話好きな上にサービス精神が豊かで話を脚色する癖があり、話すたびに虎の体長が大きくなっていく傾向にみなが気づきはじめていましたし、後者は、しっかりしているとはいえ子供ですから、しつこく質問を繰り返していますと泣き出しかねません。

となりますと兄はちょうど良かったのでしょう。

落ち着いている上に論理的な考え方をしますから証人としては最適でした。

ですが、すでに兄は流暢《りゅうちょう》に喋ることができなくなっていましたし、マイクを突きつけられることは鬱陶しくて、気が滅入りはじめていました。取材者の傲慢な態度に嫌気が差してもいました。家から逃げ出す必要を感じ、そこで、先生に相談するために学校まで来たのです。青池聡は言葉遣いは丁寧ながら、声には少し苛々がありました。探し回ったことで疲れもあるのでしょう。

——情報をみんなほしがっているんですから話せばいいんですよ。虎を目撃している数少ない人なんですから。

と言いました。

兄は言葉に引っかかりながら丁寧に言葉を選び、虎と俺とどっちを見つけたいのか、どちらが標的なんだと言い返します。

——虎に決まっていますよ。いいですか、こっちもあのマスコミにはうんざりしているんです。虎探しに専念したいのに情報をくれとしつこくて。あなたが彼らの前に出てくれれば、そのぶん我々が自由になりますからね。

——逃げ出した虎を見つけるのに、目撃談って必要ですか？

私は言い返しています。

人間の脱獄犯が逃走している場合ならまだ分かります。目撃者が犯人の特徴を広く知らしめることで住人たちが、特定することができるのですから。ただ今回は虎です。虎の特徴を証言する必要があるのでしょうか。虎は虎、この町で虎を見かけて、はてさて例の虎と同一かな、と悩む必要がありますか？　虎を見かけたら十中八九、同一人物ならぬ同一動物ですよ。

そう訴えましても、青池聡は動じるところを見せませんでした。そのような意見は百も承知、言わんとすることは分かるが、清濁併せ吞む、必要悪という言葉を知らないのとこちらを見下すようでした。

——先生、どうしたら。

私は先生の顔を見ました。

——できる範囲でマスコミに応えるべきかもしれないな。

——先生までそんなことを。

——布瀬の言いたいことは分かる。目撃者の証言に意味なんてない。かといって虎の行方は分からない。マスコミには流すべき情報がまったくないわけだ。彼らも困っているんだろう。いや分かるよ、おまえの気持ちは分かる。勝手に町にやってきておいて、何も伝えることがないじゃないかと怒るのは言いがかりにもほどがある。分かる。ただここで意固地になってみても得るものはない。正論を吐いたところで反感を買うのがおちだ。それはおまえにとって、いいことではない。布瀬、人間が肉食獣との争いにどうやって勝とうとしてきたか知っているか。

先生の発言は、まさに今、虎が町を徘徊している状況ですから、実践的な虎撃退のテクニックの教授かと思ったのですが、そうではありませんでした。大昔からの進化の過程についての話だったのです。

――どうやって？　火を使ったとか。

兄はひっかかりながら言いましたが、そのリズムは心地良く、滑らかに喋れたときよりもこっちの方がやはりいい、という気持ちを私は抱きます。

――それもあるだろうが、もっとシンプルに言えば、集団生活だ。集団になることで対抗した。

――ああなるほど。

――集団生活にとって必要なのは、「仲間」と「仲間以外」の区別だ。だから人間というのは、忠誠心と敵愾心《てきがいしん》がすんなり生まれるようにできている。

――そうなんですか？

青池聡は慎重な口調です。

――本に書いてあった。

――何だ本か。

――集団から除外されることは恐ろしい。俺たちはそれを論理的なことではなくて、体に根付いたものとして知っている。もちろん集団から外れても死なないだろう。生きていく方法はあるし、実践している人間もいる。ただ、俺たちの根っこは集団に入っていたくなる。「自分たち」と「彼ら」の線引きをしたくなる。

そこで私は、自分がいったいどこに線を引いているのかと考えそうになります。その教室の中にすら、私と兄、先生の足元をぐるっと一つの円で囲み、青池聡を円の外に置き遣りたい気持ちがあったのは認めます。

——そして言葉だ。言葉は、集団を作るのに重要な役割を果たしたんだと。猿が仲間同士で毛づくろいをするのを見たことがあるだろ。グルーミングというやつだ。人間は言葉で毛づくろいをしているらしい。通常のグルーミングは一対一が基本だが、言葉ならば一度に大勢と交わせる。さらに言葉ならば、別のことをしながらもできるというわけだ。まさにグルーミングの進化版だ。

——言われてみれば。

——仲間を鼓舞するのも、敵を侮蔑するのも言葉だ。

——だから会話が重視される。

兄はぼそっと言いました。先生はすぐに、

——ぺらぺらその場しのぎの嘘をつく人間よりも、おまえの方がよっぽど信用できるがな。

と返しました。

——言葉は左脳の役割？

兄が先生に問います。

唐突に脳の話になったことに、青池聡は興醒めの表情になりましたが——それはもちろん、驚くでしょう——先生は昔から脳の話をしてくれていましたし、私たちのことを「脳梁《のうりょう》でつながれた右半球と左半球」と言っていましたので、兄の発言はそれなりに自然でした。

――大雑把に言えば、言語は左脳が受け持っている。

と先生が答えます。

――左脳は論理的とか言いますよね。右脳は直観的とか。

――そういう区分けがどこまで正しいのかは分からないが。そういえば一時期、人間は三千年前までは大脳右半球には神々の声の命令が聞こえて、左半球がそれにしたがっていたという話が話題になったな。神の声に従うだけで、自分の意識はなかったんだと。

――自分の意識がない？

――それまでは神々の声に従っていた。

――神々の声ってそれまた怪しげな話ですね。

青池聡は鼻でも穿《ほじ》り出しかねない反応を示しました。

――ようするに本能的な直観、欲求のことを指しているんじゃないかと俺は思うんだ。人間の脳はそれに従って行動していた。ただ、左脳が発達したことで、その欲求を客観的に見るようになったのかもしれない。

――どうして左脳が発達したんだろう。言葉を使うからかな。

――どうして言葉が発達したのか、その理由は容易に想像できる。

先生は言います。

――どんな理由？

――説明を求められたからだ。

その先生の返答自体に説明を求めるべきなのかどうか判断がつきません。

――集団生活の中で、おまえは今どうしてそれをやったんだ？　と説明を求められることはあるだろう。他者と暮らすというのはそういうことだ。もちろん本人は、直観にしたがって行動しただけなのかもしれない。ただ、説明を求められれば答えなくてはいけない。質問には答えなくてはいけないと人間は思ってしまう。その時はじめて、人は自分の行動を他人のように見直して、説明しようとした。解釈だ。自分が何をしたのか、何をしようとしたのか、どうしてそれをしようとしたのかを解釈する。説明するために言葉が進化し、意識ってものができあがった。

――意識って、後からできたの？

兄が目を剝き、もちろん彼なりの喋り方でそう問い質すようにしました。

――正確に言えば、「気持ち」や「心」と言われるものだな。意識は言葉にならない漠然としたものを指すのかもしれない。「心」は辻褄合わせだ。

――辻褄合わせってどういうことですか。

――頭の中では、神経細胞が発火しているだけだ。論理的ではない。神々の声かもしれない。意識ってのは、いわば抽象画なんだ。色や形は把握できるし、それなりの印象は受けるが、具体的な物が対象ではない。そこに学芸員が来て、説明する。これは喜びを表現しているんでしょうねとな。それが「気持ち」や「心」だ。

　自分の存在の中心にあるはずの「心」が、絵画の説明をする学芸員だと言われても、すぐには受け入れられませんでした。

　先生は、私のその動揺を汲んだ上で、

——「心」はメインじゃない。あくまでも脳の反応や直観、漠然とした意識を、言葉として翻訳しているに過ぎない。俺たちは作品を、それそのものとして受け入れることができない。どうしたって、作品が何を意味しているのかを解釈したくなる。学芸員のガイドがいる。

——それなら、「心」はいらないってことですか。

——そういうわけじゃない。いくら解釈が作品を貧しくするとしても、心と意識がイコールじゃなかったとしても、ばらばらの発火を統合するものがないと人間は生活ができない。

　話が逸れてきました。今回に関しましては、私が脱線をしたというよりは、先生が話を脱線させているわけでして、とは言いましてもそれをうまく調整するのが、まさに小説を取りまとめる私の役目でしょうから、先生にはこのあたりで、

——兎に角。

　と話を省略してもらうことにします。

——布瀬、マスコミの相手をして彼らの望みを叶えてあげた方がいい。

兄はそれで納得したかといえば、もちろん納得していなかったのですが、とはいえ先生が言うからにはと思ったのでしょうか、学校を出て記者たちの取材を受けようと町をうろつきはじめました。私も梁でつながれたかのように兄について歩き回りましたし、先生も一緒に来てくれました。

面白いことに、こちらから見つけようとした途端、マスコミ関係者の姿が見えなくなっていました。カメラを担いだ男やマイクを持った女性は見当たらず、虎を狩ろうとお祭り半分でやってきた輩たちにも出くわすことがなかったのです。

町全体から人が消えたかのようで、今まで触れていた獣の体が実はつるつるの陶器であったかのような、現実味が唐突に失われた感覚に襲われました。

——いったいどこからどこまでが現実なのか分からなくなる。

兄が小気味良くリズムを取るように言いました。

——そもそも虎がこの町にいること自体が現実的じゃない。

七〇年代のおわり頃、千葉県の鹿野山神野寺《かのうざんじんやじ》から虎三頭が逃げ出した事件があったのだとはニュースの報道で知りましたが——虎を飼っていたのが、鹿の字のつく寺であるのが奇妙でしたが——それはまだ虎を寺が飼うことが許されていた時代の話です。動物園からの脱走とはいえ、今の時代にそのようなことが起きるとは思いがたいのも事実です。

――どっきりカメラだったりしてな。カメラやマイクがどこかに。

兄が周囲を見渡します。ふざけ口調でしたが、本心も混ざっていたのかもしれません。さらに、

――マイクといえばあれを覚えているか。

と言いました。

――あの映画。

私たちのあいだで、マイク、録音用マイクといえば、その映画、数年前に特別上映で公民館で観た映画のことです。一九七〇年前後に撮影されたものではなかったでしょうか。内容は忘れてしまいました。そもそも語れるような内容がなかったのかもしれません。中年男三人がどこかへ出かけ、酒やカジノや女を楽しみ、また帰ってくるという映画で、果たしてその説明で良いのかといえばそうとは言えず、私はどこか生々しい人物たち、冴えない人生の中で必死に羽ばたこうとする男たちの姿に居たたまれない気持ちになったのを覚えています。

録音用マイクがどこに登場するのかといえば、映画のラスト近くです。男二人が路上で話を交わす場面の上部に、役者の声を拾うための映画撮影用のマイクが明らかに映っているのでした。その映画自体はシリアスな人間ドラマと呼んでもいいものですから、唐突にマイクが丸見えになったことに私は動揺しましたし、観終えたあとも兄とひとしきりそのことについて話をしました。

――今も時々、あの場面のことを思い出すんだ。真実味、リアリティというのはいったい何なのか。人間が生々しく描かれている映画なのに、どうしてマイクがあるんだ。おかしいじゃないか。もしマイクが映っていなかったなら、当たり前ながら何のひっかかりも感じなかった。ただマイクが映っていることで、俺たちはあれが映画なんだと嫌でも意識せざるを得ない。だけど面白いもので、マイクがあるからこそ、あの場面がより真実味があるように感じるんだ。カサヴェテスはこう言いたかったのかもしれない。「映画は映画。それだけだ」

――単にミスだとは思うけれど。

私は物事の裏の意味を深読みしたり、人の気持ちを忖度しすぎることは苦手で、どちらかといえば馬鹿にするところもあり――深読みご苦労様とよく口にしました――そう言いました。

実際、私はそののち何年も経ち、当の映画を海外のＶＨＳで観る機会があったのですがまったく同じ場面にもかかわらず、マイクは映っておりませんでした。劇場のスクリーンのサイズでは映っていてもテレビ画面になれば、映らない位置だったのかもしれません。

――明らかに真実とは違うのに、そのほうが真実性を感じる。

兄が言いますと先生は大いにうなずき、

――人間が求めている真実と、本当の真実とは違う。

と言いました。今なら分かりますがそれはモーパッサンの言葉です。

――みなさんにランダムだと思ってもらえるようにランダム性を減らしています。

と言ったのはアップルのジョブズ氏だったでしょうか。

人は自分の欲しいものだけが欲しいとも言えます。

兄は視線を上にやり、

――ここでマイクが現れたら、俺たちはこれが現実ではないと気づくんだろうか。

と言い、私はその状況を想像します。

見慣れた町の光景の上からマイクが伸びてきた瞬間、今まで私が現実だと思っていた経験がすべて、作品の中のもの、非現実のものとして塗り換わってしまうのでしょうか。では本当の私はどこに生きていることになるのでしょうか。

もしくは、てんでばらばらに活動するニューロンが、マイクが現れた瞬間、統合され、「心」を生み出すところを考えます。私たちひとりひとりが神経細胞で、上位のものに統合されているのかもしれません。

幸か不幸かマイクは現れません。かわりに別の連絡が、先生のもとに入りました。

虎の一頭が射殺されたという連絡です。

猟友会会長が見事しとめ、その記者会見の場にマスコミ関係者や野次馬たちは移動しているのでした。

――無事に射殺されました。

という言い方が、とりわけ「無事」と「射殺」の組み合わせに対する違和感が、私を包みます。しかし、良かったとほっとしたのも事実で、あと一頭も、「無事に射殺」されないだろうかと期待する自分もいました。

——これで少しは落ち着けばいいんだが。

先生はどこか浮かない表情でした。


——最近の先生も大変だよな。

並べたトランプをめくり、ペアを見つけて拾い上げた後で新渡戸三佐が言いました。申し訳ありません、ようやくここで、今の私の場面に戻ってくることができました。「今の私」は一瞬の油断のあいだに「少し前の私」へと格下げとなり、「今の私」は次々と更新されていくものですから、ずれが生じてしまうかもしれませんがご海容ください。当然ながら新渡戸三佐は私の恩師のことではなく、一般的な中学教師という意味合いで口にしたのです。

——大変とは、どういうことですか。

めくられたトランプの位置を覚えるために視線はテーブルに向けたまま私は訊ねました。

——息子の中学校が少し荒れてきていてな。このご時勢に。

——息子さん、二十歳と離乳食をはじめたお二人では……。

——中学生は、上から二番目の息子だ。

一体全体お子さん何人いるんですか、と言いたくなります。

――学校が荒れているんですか。

――最近は先生が少し叩くと体罰とか言われるから、それで子供が増長するのかもしれない。何しろ先生が怖くないんだから。

――確かにそうですよね。

同意しましたが、内心では違うことを考えていました。モーパッサン好きのあの恩師とのやり取りを思い出していたのです。

――暴力以外の罰則が必要だ。

先生はそういう言い方をしました。

私が黙っていますと先生は続けます。

――ルールを守らない者には相応の罰を与える。割に合わないと思わせることに尽きるんだ。

――だから先生は、校舎のガラスを割った生徒に窓を運ばせるんですか？

先生は、校舎のガラスや鏡を割った生徒に対して、強く叱るのはほどほどに、本人たちに窓枠やドアをガラス店まで運ばせていました。修復をしてもらった後もまた学校まで持ってこさせます。窓や鏡の枠を運搬するのはそれなりに面倒な上に、事情を知る近所の人たちからは、あの子が割ってしまったのだなとばれてしまいますし、楽しいものではありません。自分の尻拭いは自分でやるという教育以上に、「ガラスを割ると面倒臭い」と教え込ませる意味があったのでしょう。

新渡戸三佐が、

――布瀬、どうかしたか。

と呼びかけてきましたので我に返りました。

――昔の話を思い出していまして。

――昔の、どんな話だ。

新渡戸三佐は器が大きく、他者の意見を広く受け入れる性格です。

私たち航空自衛隊で働く人間は、仕事柄だと思いますが、軍隊的なものに好意を抱く人間と出会うことが少なくありません。一方で、戦争はおろか自衛隊という言葉を聞くだけで目を吊り上げ、臨戦態勢に入る人間と遭遇することも――最近はかなり減りましたが――あります。新渡戸三佐はそのどちらに対しても同じような距離を取り、双方の話に対して同程度に耳を傾けます。以前、こう言ったこともありました。

――布瀬、鏡ってのは、左右は反対にするが、上下は反対にしないだろ。どうしてそうなるのか説明はいろいろあるんだろうが、あれはずいぶん示唆的だ。右と左は意外にひっくり返りやすい。人にとって大事なのは右か左じゃなくて、上か下かだ。

数字合わせゲーム《神経衰弱》は新渡戸三佐の圧勝で終わり、それは競争というよりも三佐の記憶力を目の前で披露してもらっただけにも思えましたが、私は箱にトランプをしまいました。

アラート待機はまだ続きます。私は雑誌をめくりはじめました。以前、持ってきた美術関連の冊子です。

——絵ってのは面白いのか。

しばらくして新渡戸三佐が声をかけてきました。

——難しいことは知らないんですが、見るのは好きなんです。

私が開いたページにはディエゴ・ベラスケスの描いた有名な絵「ブレダの開城」が掲載されていました。

たっぷりとした尻をこちらに見せた馬が右手に描かれて中央には二人の男が向き合っています。一人は腰を屈め、鍵を差し出し、もう一人の男が肩に手を伸ばして挨拶するような格好です。一六二四年からのオランダ南部の都市、ブレダの要塞を包囲した戦い、それが終わった直後、スペインがブレダ城を陥落させた場面が描かれた絵です。

みなさんがこの絵に惹きつけられるのは、これが戦闘の場面〝ではない〟という点でしょう。戦が終わり、オランダの敗軍の将が力なく鍵を差し出す場面です。勝利したスペインの将軍が、試合後に相手コーチを労《ねぎら》うような態度で手を伸ばしています。

負けた相手にも敬意を払う、貴い人間性がそこから感じ取れ、これぞ騎士道精神だと喜んでいる方もいるそうです。

ベラスケスのタッチは近くで見ると荒々しく、殴りつけたかのようで輪郭もはっきりしません。しかし離れてみますと、真実味を持った質感が伝わってきます。

真実味を出すために、真実とは異なるように描いているのです。

――ベラスケスの本質を、美術史家のケネス・クラークは鋭く言い当てている。

兄がそう言ったのを思い出します。

――ベラスケスはスペインの国民性をはるかに超えた慎み深さを備えていた。

ケネス・クラークはそう記していました。

その通りでしょう。

ベラスケス本人は、自分のことを多く語らなかったそうで――彼の出自に関係があるのかもしれません――その控えめな態度は、絵に対する真摯さにつながっていたのでしょう。

裏話をしますと私がこのように、できる限り丁寧な言葉遣いでみなさんに語りかけようとしていますのは、ベラスケスの慎み深さにあやかりたかったからです。

ベラスケスの絵には謙虚さが、見本とすべき奥ゆかしさがあります。

王を描く際にも決して過剰な演出はありません。そこにしっかりと立っている姿があるだけで、気品を生み出しています。

戦争を終えた勝者と敗者を描いた絵からも慎み深さを感じることができ、そのことに多くの人間が感銘を受けるわけです。

――この端っこの男、ちょっと格好いいな。帽子をかぶって洒落ている。

新渡戸三佐は大らかな性格ではあるものの、優秀な戦闘機乗りですから観察眼は鋭いのです。

雑誌の絵の右側、馬の横に映る人の姿を指差しました。位置からすればスペイン軍側の端に、見物人のようにも見える男がいました。小さいながらも、一人だけ気配が違います。

私はそこで初めてその顔がベラスケス本人のものだと気づきました。

――あ、この人がこの絵を描いた人です。

――兵士だったのか。この戦場にいたのか。

――違うはずです。自分の顔を描いたんでしょうね。

――記念にか？

――どうでしょう。

ベラスケスはこの場にはいなかったはずです。宮廷でさまざまな仕事をこなしていたのでしょうし、戦場にいたとは思えません。ただベラスケスはこの絵に、自分を描き込んでいました。モデルがいなければ人を描けなかったと言われますから、エキストラの人間として自分の顔を使ったのでしょうか。それとももっと別の意味があったのでしょうか。

ベラスケスはいったい何を考えていたんだろうか、と私は思いを巡らせかけたところで、私はやはり兄から聞いた、ケネス・クラークの言葉のことを久方ぶりに思い出しました。

――ベラスケスがどのような人物であったのかを問うのは悪趣味だとさえ思われる。

なるほどそうなのでしょう。ベラスケスのドラマを想像するのは悪趣味に違いありませんから、私はそれを決してやりません。

私は、歴史的な場面「ブレダの開城」をもう一度見ます。臨場感に満ちた中に描かれている画家本人の姿は、スクリーンに映り込むマイクのように思えてきます。

——ベラスケス、おまえのやり方が俺にはだいぶ分かってきたぞ。

大きな書物、貴族名鑑をめくりながらエル・プリーモが言う。キャンバスを前に絵筆を持っていたディエゴ・ベラスケスは力のこもる目を柔らかくした。

——やり方？　私の何のやり方だ。

——絵だよ。おまえのやることと言えば絵を描くことだろ。まあ、衣装係として月一万二千六百四十八マラベディーもらっているとはいえ、あんなのはやり方も何もない。俺はさ、おまえの絵の好みが分かったんだよ。

——好みとは。

ディエゴ・ベラスケスは絵筆を近くの皿に載せた。彼自身が自分の好みなど考えたことがなかったのだから、興味を抱くのも当然だろう。

——へえ、俺はなかなか色男じゃないか。うまいなベラスケス。

いつの間にかエル・プリーモが背後に回り、キャンバスを眺めている。体が著しく小さいエル・プリーモはその小さい分を埋めるが如く、態度は大きく、いつだって余裕に満ちている。宮廷にはたくさんの矮人がいて、それぞれに愉快な面を持っているが、この書記の仕事に携わるエル・プリーモは理知的な顔つきと減らず口、おまけに剣客であることからずいぶん目立つ存在だった。そんなに上手けりゃ、宮廷画家になれるかもしれねえぞ、とからかってきた。

――完成まではまだ時間がかかるが。

――いいよいいよ、これは俺の男ぶりが滲んでいい。女たちにも評判になる。

――良かった。

――ケベードにも早く見せてやりたいもんだ。あいつが俺を王様に紹介してくれたおかげで、俺はおまえに絵を描いてもらえたわけだしな。

フランシスコ・デ・ケベードは国王に、もっとしっかりやれと言わんばかりの詩を渡すなどした結果、逮捕されていた。が、少し前に釈放されたはずだった。現政府を転覆させる計画を考えていたとも何も考えていなかったとも、どちらの噂もある。

――それで私の好みとは。

――ああ、それな。おまえの絵を何個か見たんだが、たとえば俺が好きなのは、あの鍛冶屋のやつとか落ちてた服を拾ってきたやつとか。

――落ちていた服？　ああ、あれはヤコブとヨセフの。

――そんなことは知ってるって。でもあんな風に描くのはディエゴ・ベラスケス、おまえくらいだろ。

――そんなことはない。

——鍛冶屋は、ウルカヌスなんだってな。鍛冶屋の親方と職人にしか見えないじゃねえか。

——ウルカヌスは鍛冶神だよ。

——このあいだ、セバスティアンに教えてもらったんだよ。あれは神話の有名な場面なんだろ。ウルカヌスのかみさんが不貞してるのを、お節介なアポロンがチクりに来た場面だ。

——そんな風に言われると、神話も安っぽくなるな。

——神話なんてみんなそうじゃねえか。でも、どうしておまえは、聖書の話も神話もどうってことない感じで絵にするんだよ。ふつうはもっとドラマチックに描くんじゃねえのか。

——ああいうのしか描けないんだ。

——セバスティアンは言ってたぜ。ベラスケスは、自分なりの絵を描きたいんだってな。王の注文で絵を描くだけの宮廷画家だとしても、その注文の中で自分なりの工夫をしなくちゃ、描いててつまらないに決まってるもんな。


カルロス王子に仕えるセバスティアン・デ・モーラは、エル・プリーモ同様、一般的な成人男性からすれば極端に体が小さく、三頭身、四頭身の外見だ。エル・プリーモが知的な二枚目といった顔つきだとすれば、セバスティアンのほうは野性味を感じさせる見た目で、対照的ではあったが二人は仲が良く、しかも宮廷でも女性から人気があった。少し前にはマラビージャス地区のチョコレート店で、お気に入りの女性店員が迷惑な客から言いがかりをつけられているのを見かけ、俺の女に何をするとばかりに跳躍し、話によればエル・プリーモの背を使ってカウンターに飛び乗り、その客に切りつけたらしい。

ベラスケスからすると、彼らは体こそ小さいものの、人生を楽しむ勇者のように思えてならない。

——神話を描けと言われても、派手な場面は想像できないんだ。おまえも知っているだろ。私は、見たものしか描けない。誰を描くにしても誰かを見なくてはならないし、何を描くにしても何かを見なくてはならない。

——おまえの絵に出てくる顔はどれも、宮廷近くで見かける顔だもんな。みんなに頼んでモデルになってもらっているんだろ。別にそのことを責めたいわけじゃない。むしろ感心だよ。おまえの手にかかれば、ふんぞり返った神話の奴らもみんな、そのへんにいる奴らのように感じられる。ああ、でもベラスケス、神話ってのは何を伝えたいんだろうな。教訓も何もないだろ。偉そうな神様が横暴の限りを尽くすだけってのもある。あの絵もそうだ。この宮廷に飾ってある、あれ、笛のだ。

どの絵のことを言っているのかベラスケスにも分かった。ルーベンスが描いたマルシュアスとアポロンの話だ。半獣神マルシュアスと神様の楽器勝負で、負けたマルシュアスは罰として皮を剝がれてしまうのだ。

——勝負で負けたくらいで神様に皮を剝がれるんだぞ。しかもその演奏の勝負の判定を誰がやったかといえば、神たちだった。マルシュアスからすれば、不利じゃねえか。公正な審判か？

そんなわけがない。八百長だぜ、きっと。

――神なのにね。

ベラスケスはおかしさに息を洩らす。

――神ってのは、牛に化けて女を攫って、いいように抱くし、いかさま勝負で負かした人間の皮を剝ぐ。俺を生まれながらに、こういう体型にした。やりたい放題。最高だよな。

――人間が、神様と技比べをして懲らしめられる話はほかにもある。織女アラクネもそうだ。女神との機織り勝負の結果、蜘蛛にされた。

――だからそれってのは、何の教訓なんだよ。神に逆らうなってことか？　昔の奴らはどうしてそんな話が好きだったんだろうな。

――好きだったかどうかは分からないが、必要だったのかもしれない。私たち人間は噂話が好きだ。とりわけ規則を破った話や道徳に背いた話で盛り上がる。

――けしからんという気持ちと、うらやましいという気持ちがあるからか？　自分ではどうにもならない、欲望。だからそれを架空の話で語ってたってわけか。

――あとは、学ぶためだよ。神話では、神も人間も理不尽な目に遭うのはみんな傲慢な者だ。

――へえ。

――誰よりも笛が上手い、誰よりも機織りが上手い、傲慢な者は皮を剝がれたり、虫にされたり。傲慢になるのはどうしてか分かるか？

――ベラスケス、おまえは分かるのか。

――自分が見えていないからだ。

――自分のことは見えない。だから、おまえに絵を描いてもらうんだろ。

ベラスケスは目を細める。

――それにな、いくら傲慢になるなと神話が教えたところでな、人はその絵を見ても自分のことだとは受け止めねえよ。

――絵の前に立って、絵の中のことを想像するかもしれない。

――しょせん想像だ。体験したわけじゃない。絵の中に入ることはできないしな。

――絵の中に?

エル・プリーモのその何気ない言葉は、ベラスケスの頭を爪で引っ掻き、刺激した。絵の中に入るとはどういうことか、と考えながら絵筆を再びつかもうとしたが、エル・プリーモはこの機会に訊けることは全部訊くぞという勢いで、

――それから槍の絵、本当はああじゃなかったんだろ。

と畳み掛けるように言った。

――槍の絵? ああ、あの。

ブレダ開城の絵のことだ。

――降伏したオランダの将軍にスピノラが優しく手を出している。みんなはあれがスペインの

高潔さだと喜んでいるが、あれはおまえのでっち上げだろ。あんな場面は実際にはなかったんじゃないのか。

ベラスケスは答えなかった。スピノラ将軍とはイタリアへ出かけた際に、船の中で知り合った。スピノラ自身からブレダ包囲網の話、状況や景色を聞いたが、たしかに鍵を受け取る場面の話はなかった。

——落ちぶれて死んだスピノラが不憫で、だからああいう絵にしてやったんだろ。

——あの場面自体は、芝居で描かれていたのを参考にしたんだ。それが真実に近く感じたから。

——面白いことを言うもんだな。事実と違うことを描いて真実に近づくものか。事実と違っていたらまずいだろうが。

エル・プリーモが笑う。手元の貴族名鑑をぽんぽんと叩くようにした。

——ピューティア祭りに戦車競技がなかったら、まずいのかな。

——何だよ急に。

——ソポクレスの書いたギリシア悲劇の話だ。その中でオレステスが戦車競技に参加したことになっているが、厳密に言えばオレステスの時代、その祭りに戦車競技はなかった。

——だから何なんだよ。

——史実と違ったことが書いてある。だけど今は誰も目くじらを立てない。

——そんなのどうでもいいだろうが。だいたい作り話なんだろ。神話なんてのは。誰も気にはしない。作り話に対して、史実がああだこうだというやつがいるか？

——だったら私の絵についても、誰も気にはしない。今の私たちがこのような会話を本当にしていたのかどうかも怪しい。

——俺たちは今こうして喋っている。真実も何もない。これが事実だ。まったくおまえはどうしてそんなにいつも落ち着いているんだ。真面目で口数が少ない。王に文句や不満もあるだろうに。愚痴くらい言ってもいいだろうに。俺やセバスティアンを見習えって。

ベラスケスは微笑むが、同意も否定もしなかった。

自分のことは自分では見えていない。他人から見えているようには見ることができない。仕事をし、絵を描くことができるのであれば、目立つ必要はなかった。

オリバーレスから旅費として五十ドゥカートをもらい、「セビーリャの水売り」を手土産にマドリードにやってきたあの時、腕試しとして、ファン・デ・フォンセカの絵を描くことになったあの時には、立身出世、認めてもらいたいという欲求が、自らの甕に満ちていた。それは本当だ。役職をもらうたび、自らの足元がきゅっと引き締まるかのような、達成感、誇らしさがあった。今は違う。それ以上を求めるものが、自分の中にはないことも分かっていた。

あるのは、美しい絵を、それも〝私自身の資質によって生まれる〟美しい絵を描く欲求だけだ。

——ああ、分かったぞ。

エル・プリーモがひときわ大きな声を出した。

――何がだ。

――敵を殺す。誰かに嫉妬する。優しいこともあれば残酷になることもある。

――いったい誰のことだい。

――神話に出てくる、やりたい放題のあいつらだよ。おまえはそれを特別なものではなくて、そのへんにいる人間みたいに描いてる。その理由が分かった。

――だから理由など……。

――おまえは、あいつらも人間も同じだと言いたいんだろ。あれも人、これも人、それが人。それが言いたいんだろ？

――あれも人、これも人。

ベラスケスは繰り返した。

――そうだ。敵の皮を残酷に剝ぐのも人なら、敵だった男を労うのも人だ。おい、どうかしたのか。

とエル・プリーモに言われ、自分が振り返っていたことに気づいた。

背後から視線を感じる。自分を見つめる目を感じる。どこの誰ではなく、もう一人の自分だろうと察しがついていた。

むすっとした相手と向き合っていると、人間はほぼ漏れなく鼓動が速くなり、恐怖を覚えるそうです。さらに、どうにか相手からポジティブな反応を引き出せないかと機嫌を取ろうとさえする、とこれもまた本に書いてありました。

脳は、〝ネガティブな合図に、より早く、より自動的に反応するように〟なっていて、〝幸せそうな顔よりも怒った顔を目ざとく見つける〟と。

前から歩いてくる集団はむすっとしていました。もっと言えば怒っているように見えましたから、私は瞬時に恐怖を覚え、脈拍が速くなりました。

先頭にいるのは青池聡です。

背後に三人ほどの男と女性二人がいました。通学中の小学生の列のようなあどけなさはありませんでしたし、暇を持て余し無目的に徘徊する輩たちという風情もありません。使命感を持ち、任務をこなすグループ、たとえば火の用心を訴えながら街を行く自警団に近かったのですが、そのわりには表情はぎすぎすとし、険のある顔をしています。

西部劇の映画を思い出します。馬に乗った悪党たちが鉱山近くの小さな町にやってきてゆっくりと町民を見回しながら、ぱからっぱからっ四拍子の足音を立て、目的の家へ向かっていくような、そういった緊張感がありました。

――これはこれは。

青池聡が私に気づき、政治家が挨拶するのにも似た貫禄を見せて手を挙げます。私は会釈を

したのですがすると彼は、

——こんにちは。

と声を強くした言い方をしました。子供たちに挨拶を教える教師のようで不自然でしたが私は釣られるように、

——こんにちは。おつかれさまです。

と挨拶を返しました。

そこで彼は意味ありげに薄笑いを浮かべます。双子の兄弟のうちどちらなのかを判断するために挨拶をさせたのだと思い、私は不愉快になりました。人を軽蔑したくはありませんが、喋り方で人の価値を判断するような人間は軽蔑してもいいと思います。

——おい、虎を見なかったか？

乱暴にそう言ってきたのは青池聡の後ろにいる背広姿の男でした。どこかで見たことがありましたので、記憶を辿ってみますがなかなか思い至りません。選挙用のポスターで見たことがあった市議会議員だと気づくのは別れた後になります。

——布瀬さんはどちら側なんでしたっけ。

——どちら側？

——人間側なのか動物側なのか。

——人間ですよ、それは。

私は人間です。厳密に言えば、人間も動物の一種ですが、動物か人間かと問われましたらそれはもう人間です。そういうつもりで私は即答したのですが、彼の問いの内容は違っていたようです。

――ですよね。僕たちはみなさんを守るためにこうして、命がけでやっているのに、まったく関係のない場所にいる人たちが、やれ動物が可哀想、やれ虎を殺すなんて野蛮と非難してくるのが本当に信じられないんです。

青池聡が神経質になっている理由が分かりました。

虎が一頭、猟友会の会長により射殺されたことは申し上げましたでしょうか。いえ、もちろん自分が何をどこまで話しているのかは把握しておりますから、これはあくまでも呼びかけや念押しの意味だったのですが、猟友会の会長が虎を仕留めたことは大きな出来事でした。

虎射殺に関する記者会見の、高揚した空気を私はよく覚えています。

兄と先生とともに公民館に駆けつけた時には、私たちより早く到着していた記者や野次馬で部屋はすでにごった返しておりました。カメラのシャッター音が断続的に鳴り、人の声も飛び交い、芸能人の記者会見でもあったのかと思うほどでした。

猟友会会長はそこにはおらず、警察関係者が事の経緯を発表していたと思います。

虎を発見したのはその日の午後二時半、市の東部、市で管理する森林公園の中を歩いていた猟友会のメンバー、猟師歴二十五年のベテランでした。

虎二頭の脱走が分かった時から公園の利用は禁止され、出入り口にはすべて進入禁止のロープが張られてその一つ一つを猟友会と警察職員が分担して巡回することになっていたようです。公園は森林と呼ぶほど大きな敷地ではありません。自然林の中を遊歩道が通っており、南側に遊具や砂場の配置された人工的な装いの強いエリアがあるのですが、そこの水飲み場に虎はいたのです。

もちろん私はその場にいませんでしたから、以下の状況はすべて、関係者や記事から情報を得た上での想像や憶測になります。とはいえ、いちいち細かく、「らしいです」「だそうです」「のようです」「だったのでしょう」と書き足していきますのも煩雑ですので、みなさんの頭の中で適宜、推量の言葉を補完していただけますでしょうか。

さて、実際に虎が水飲み場の蛇口から垂れる滴を、舌でぺろぺろとやっている姿を見かけたときには、猟友会の彼も目を疑いました。猟師歴二十五年でイノシシや鹿を撃つことには慣れていましたし、熊狩り経験もありましたが、そういったものとは段違いの緊張感に襲われました。

公園に虎がいるという光景自体が、彼を動揺させていたのです。

黄色と黒の模様、繊細にそよぐ毛、骨ばりながらも柔らかみを持った姿の美しさに畏れを感じました。

小脳扁桃による警告も鳴ります。

大型のネコ科動物はほんとやばいって。まず足音しない。動き素早い。それに迷彩。迷彩模様、まじ有効。しかもあの歯。気づいた時には——という先祖からの言葉が、彼を一瞬、動けなくさせます。

彼は虎がいることを想定してはいました。覚悟もありました。呼吸を整えると、身を樹の陰に隠すようにし、猟友会会長に連絡をします。

猟銃を持っていましたし、虎を撃つ心構えもありましたが、その場ですぐに撃つことは考えません。撃ち損なって虎を興奮させてしまってはいけません。発見次第連絡をするようにと事前に指示が出されていたのです。

会長に連絡をし終えると彼はまた樹に体を隠し、時折、見つかるのではないかという恐怖を覚えながらも、ちらちらと虎が移動してしまわないかを確かめながら、

——まだ動くんじゃねえぞ。

と思いました。

警察車両などがサイレンを鳴らしてやってきてしまったら、虎が異変を察知して逃げ出してしまうと気づき、その点をもう一度電話で伝えるべきではないかと思いかけたところで猟友会会長が現れました。猟友会会長は音が虎の耳に入ることを気にかけ、離れた場所で原付バイクを停めると、そこからは徒歩で来たのでした。さすが分かってらっしゃる。

猟友会会長は彼と顔を見合わせ、深刻な目つきでうなずくと水飲み場を見てびくっと反応し

ます。

――どうするよ。

――応援を待ったほうがいいだろう。やっと見つけたんだ。あと一頭は。

――いないみてえだな。

猟友会会長はすっと樹の茂みに入り、イヤープラグを耳に詰め、右の頬と肩のあたりに散弾銃の銃床を挟むようにします。銃身をまっすぐ虎に向け、すっかり発砲準備の姿勢を取りました。

応援を待つんじゃなかったのか。

と聞きかけた彼も、会長の考えに気づきます。もし応援が来る前に虎が動くようなことがあったならば悠長なことは言っていられず、緊急措置として発砲しなくてはなりません。彼もイヤープラグを耳の中に押し込むと、同様に樹から離れ、そのときに草むらに音を立ててしまったためにひやりとします。幸いなことに虎には気づかれていません。

息を殺すようにひたすら待つだけとなります。

――おい。

会長が小声を発したのはしばらくしてからでした。

水飲み場にいる虎の右側、公園の出入り口があるほうから、幼児がふらふらと歩いてきていたのです。

彼の頭の中には一瞬にして、さまざまな思いが噴出します。

どうしてここに。誰だあれは。親はどこだ。何でちゃんと見ていないんだよ。虎がいるんだぞ。何考えてるんだよ。危ない。どうすれば。どこから来たんだ。危ない。

と書いたものの、みなさんの中には当然、実際に彼の意識がこのようになっているのか？疑いたくなる方も多いのではないでしょうか。おっしゃる通りです。人の意識をそのまま文章にしていくということは国内外の小説でよくされてきましたが、果たして本当にそれが脳の感じるもの、そのままなのかといえば決してそうとは言えません。実際の意識とは「流れ」のような整然としたものではなく、もっと混沌とし混濁した川の色のようなものでしょう。例の、右脳と左脳の話、左脳に棲む美術館の学芸員の話とつながるのかもしれません。もしかすると、記号「！」や顔文字を代用するほうが、意識そのものを表現するのには適している可能性はあります。

彼と猟友会会長が呆気に取られる中、幼児はその場で立ち止まりました。

同時に、緩やかに吹いていた風がぴたっとやみます。

風の合図に気づいたのか、虎がふっと顔の向きを変えました。そして幼児のほうに虎が目をやったように見えた直後、会長の散弾銃が音を響かせました。釣られるように彼も引き金にやっていた指を動かし、虎を撃ちます。頭の中が熱を帯び、考えることができません。

弾が命中した感触はあったものの、虎が倒れないため彼は焦ります。会長に目をやりましたが、会長は信じるようにじっと前方を睨むだけでした。

しんとしたままです。

立ち止まったままの虎の横姿と、ぴくりとも動かない草木、それらが固まった状況は絵のようでした。

倒れろ。倒れてくれ。倒れろ。倒れないのか。倒れてくれ。倒れるんだ。倒れてください。倒れますよね。

彼は頭の中でそう念じ、数分間もじっとしていた気分でしたが、実際にはほんの数秒です。

やがて、ゆらりと体を傾けた虎は地面に倒れます。

猟友会会長が飛び出し、彼もすぐに草むらから出ました。幼児の姿は見当たりませんでした。

――やったな。

彼が言うと猟友会会長は額の汗をぬぐい、興奮により鼻腔を膨らませながらも浮かない表情で顔を歪めます。

幼児の姿を探すため、周囲を見渡しますがどこにも見当たりません。

――これからだな。

猟友会会長がため息を吐きました。

――もう一頭いるもんな。

――そうじゃない。ここからが大変だ。

そこからが大変でした。

みなさんの想像通り、その大変さこそが、今目の前にいる青池聡の、人間不信にも似た態度につながるわけですが、虎を射殺したことに対する抗議が殺到したのです。

会長が最初に予言した通りの、

――虎が可哀想！

というものもあれば、

――実弾を使う必要があるのでしょうか。麻酔弾を使うべきではなかったのではないですか。

というものもありました。

――動物園で飼育された虎は、人間に慣れていますから野生のものとは違います。過剰な対応ではありませんでしたか。

――どうして飼育員が到着するまで待たなかったんですか。

と論理的な質問を装いながら、ああだこうだと非を責め立てるような内容のものが警察や公民館、どこで調べたのか猟友会メンバーの自宅、さらには射殺には無関係ともいえる商店や美容院に――電話番号が電話帳に掲載されていたからでしょうか――じゃんじゃんと電話がかかってきました。

もちろん猟友会側にも言い分はあるでしょう。

大いにあるでしょう。

青池聡が仲間を引き連れた先頭で私に話します。

――麻酔を扱えるのは獣医ですよ。市内をパトロールする際に、猟師の数も足りないくらいなのに獣医をつれまわすのは現実的ではないですよね。それ以前に、麻酔銃でどこまで安全に虎を確保できるかも分かりません。撃たれた虎が、麻酔が効くまでのあいだに暴れる可能性は十分にありますし、そこで誰かに嚙み付いたらいったいどうするつもりなんでしょう。さらにいえば、子供です。あの時あそこには子供がいました。緊急事態だったわけです。

幼児がいたことがまた、事をややこしくしていました。正確には、その幼児の存在が証明できていなかったことがです。

――幼児がいたと嘘をつく理由がない。

非難が殺到したことに対抗するために、虎射殺の数日後に会見が開かれ、猟友会会長がそう言いました。それもまたもっともな言い分です。いなかったものをいると捏造する必要があるようには思えません。

――理由はある。幼児がいれば、発砲を正当化できる。

記者の一人がそう言ったそうです。

――正当化してまで発砲する必要がない。いや、あの時点で我々は虎から住人を守ることしか頭にはなかった。それともあなたたちは、我々が好き好んで、嬉々として虎を殺したかったとでも言うのか。

さすがにそこまでは思っていませんけど、と記者は口ごもったようで、会見はそれで終了しましたが非難はさらに続いたそうです。

——まさにその通り。あなたたちハンターは動物を殺すことにエクスタシーを覚えるんでしょ。とか、

——虎を仕留めることでみなの注目を浴びて、英雄になりたかったんじゃないですか。

とか、よくそこまで考えられるものだなと感心したくなるような言葉が様々な通信手段により殺到したわけです。

ああ言えばこう言う。こう言ってもこう言う。どう言ってもどうにか言う。

ここでみなさんが思い出すのは、やはり、脳の右半球と左半球のことではないでしょうか。神々の声、本能的な直観が宿る右脳がいったん、「嫌いだ」「不快だ」と感じたのならば、その声を言語化する左脳がやることは辻褄合わせでしかありません。結論が先、理屈は後から、のシステムが作動します。許せないものは許せないとなるわけです。

青池聡は顎が長く、下唇が厚いため、スペインのハプスブルク家の血を引くかのような顔つきなのですが、フェリペ四世のような無表情で、

——町を救ったというのに、野蛮人扱いされた我々の心は、もはや粉々になる寸前です。自分たちが守ってやってるというのに。どうにでもなれ、みんな虎に食われてしまえと開き直って、猟銃にマシュマロでも詰めてやろうかと思いたくなりますよ。

と言います。

――そんなこと言わないでくださいよ。非難してくるのはこの町の住人じゃないです。虎に恐怖している僕たちはほんと、みなさんに感謝しています。気持ちは分かりますが、やけにならないでください。

私は必死に言いました。それは本心でした。

――布瀬さんはそう言ってくれますが、実際には町の中にもいろいろいるんですよ。人間の命の危険よりも、虎の命を守ろうとする人が。しかも少なくないわけです。

――そんなことは。

――ですから今、会長とも相談して我々も調査をしていまして。

――調査ですか。

――どのエリアを優先的に守るべきかです。我々は今の時点では、虎の命よりも住民の命を守ることを最優先に考えています。残念ながら。虎よりも人を救いたい、人でなしです。つまり、虎の命を大事にされる方の要望には応えられないわけですから、各町内でどういう方針で行くのか、つまり我々を支持するのかどうかを決めていただいて、それに基づいて守るエリアを絞っていくことになりまして。

言い返すことができませんでした。青池聡の後ろに並ぶ人たちは、猟友会を支持する応援者なのかもしれません。

――でも、もし今度、子供がいるところに虎が現れたら、どうすればいいのでしょうね。

青池聡が言います。

――子供がいるところに？

――ええ、前回と同じように。その時、私たちは猟銃で撃つべきかどうか悩むような気がします。何しろ、そこで発砲すれば、またぞろ虎を愛する心優しき人間たちから抗議を受けるに決まっているんですから。

私はしばし、彼を眺めて無言になってしまいます。ハプスブルク顔のせいか、生気のない表情からは感情が読めません。

――いっそのこと子供が食われればいいんじゃないですかね。その時こそ私たちが必要とされるんじゃないですか。

――怖いことを言わないでください。

――怖いことじゃないですよ。当然のことを言っているだけです。ああ、私の前に虎が現れてくれないですかね。そうすれば私は、私たちのことを認めてくれる人のためだけに、虎を撃ってやりますから。

彼の発言は恐ろしかったのですが、一方でもどかしさも伝わってきました。彼は自分がまだ、この問題の当事者になっていないと感じているのではないでしょうか。猟友会の会長たちのように虎と遭遇したわけでもなければ、矢面に立ち批判を受けているわけでもありません。理不尽な目に遭う神話画の前に立っているだけの鑑賞者とも言えます。早く中に飛び込まなくてはいけないという焦りが、彼の口から強い言葉を引き出しているのではと私は思ったのです。

青池聡が、では、と右手をさっと挙げると釣られるように私も手を挙げていました。無意識の模倣はミラーニューロンの働きだったのでしょう――相手の言動をシミュレートし、相手の状況を想像し、慮ることこそが人間の特性です――共鳴を感じました。

立ち去り際、青池聡が洩らします。

――人間よりも虎のほうがよっぽどいいですよ。人間は動物よりも残酷ですし、複雑で、余計なドラマが入ってきますからね。


――人間は物語化を行いたくなるんだ。

兄がそう言いましたのはやはり、プラド美術館を観終えた後、カフェの片隅ということにしましょう。

――つながりの分からない絵が、同じところに並んでいれば、どうにか辻褄を合わせて関連付けを行おうとする。ジョルジョーネの「嵐」にしたところで、いろんな解釈をしているけれど、描いた本人には特に意味なんてなかったのかもしれない。前に先生が教えてくれたじゃないか。誰も彼もが解釈ばかり。あの批評家が訴えたように、解釈しようとするのは単に、〝芸術に対して知性が恨みを果たそうと〟していて、〝芸術作品をあるがままに放っておくことが不安で、どうにか飼い慣らすために意味を見つけようとするだけ〟だって。吃音の若者が急に喋れるようになる映画だって、解釈があればほっとする。あるがままに受け入れるのは落ち着かない。難解な美術作品があれば、作品名を知りたくなる。題名があればそれをヒントに左脳が解釈を行えるから。いつだって、解釈するのは言葉だ。ああ、そういう意味では、一方で逆のパターンもある。

——逆？

兄がそこで話したのはやはり、ベラスケスのことでした。

ディエゴ・ベラスケスの晩年の作品、「ラス・メニーナス」と同時期に描かれた「織女たち」のことです。こちらもまた非常に有名な作品で、機織り工房で作業をする女性たちが、目の前で手を動かし仕事をしているかのような場面です。二十世紀の半ばまでは当時の機織り女性を描いたものだと捉えられていました。ただ、みなさんご存知の通り、今ではこれが、神話の一場面——機織りのアラクネと神との勝負——を描いたものだと判明しております。

——この絵の場合は、作者が込めていた意味を、みんなが読み取ろうとしなかった例だ。

——深読み好きな人間たちもさすがに解釈できなかったのかな。

——みんな、解釈には一生懸命だけれど形式には注目しないからだ。何について、、、、の作品なのかと解釈してほっとしたいんだ。「織女たち」は意味よりも表現の形式を見るべきなんだ。何といっても、ベラスケスはこの一枚の絵に、空間と時間を全部押し込めたんだから。

――空間と時間？

――絵の手前側、機織り工房の部分は、工芸の神と人間との機織り勝負の場面だ。勝負を始める前というわけだ。奥の小部屋は、その未来の場面だ。勝負が終わって神様が正体を明かして、人間に罰を与えて蜘蛛にしようとしてる。

――なるほど。

二コマ漫画です。最初のコマが手前、奥には時系列的に次のコマ。

――そしてさらに奥に描かれているのが、機織り勝負で作られた作品ってわけだ。

二コマ目と呼ぶべき部分、奥の壁部分に絵が飾られています。ようするにそれこそが、作中で「機織り勝負のために、アラクネが織ったタペストリー」というわけです。そのタペストリーを前に、勝負のジャッジが行われているのでしょう。

このタペストリーの図柄は、ギリシア神話「エウロペの略奪」の場面です。

当時、宮廷に飾られていたルーベンスの絵「エウロペの略奪」をそのまま使っているのですが、もっと正しく言いますと――非常にややこしいのですが――ルーベンスのその絵は、ティツィアーノの描いた「エウロペの略奪」を模写したものです。

つまりベラスケスは、「ルーベンスが模写したティツィアーノの絵」を、「織女たち」の中に「タペストリー」として取り入れたわけです。

一人称の物語の中に、史実交じりの三人称の話を混入させるようなもの――そう考えて私もこの小説をそのように構成するつもりですが――かもしれません。

ベラスケスはこの一枚の絵の中に、遠近法を用いて三次元の工房を描き、手前と奥とでは時間の差をつけました。それ自体は過去の作品でも試していますが、この絵ではさらに自らと親交のあるルーベンスによる模写を加えることで、ベラスケス自身の生きる現実の時間を押し込めています。

一見、生活感すらある職人工房の一場面としか思えないものに、それだけの次元が詰め込まれていることに、驚きというよりも呆れを、いや呆れというよりも感心を、いや大いなる感銘を受けました。

――「ラス・メニーナス」のドアの男のことだけれど。

兄はまたその話をします。

――もう一人のベラスケス？

――そうだ。俺は、あれがベラスケス自身の別の姿だと信じている。

私はもちろん、それは兄の勝手な妄想だと思っていましたが、たしかに、「織女たち」には、一つのキャンバス内に女神とアラクネが二通り――勝負の前と後――登場しているのですから、「ラス・メニーナス」にもその方法が使われ、ベラスケスが二通り描かれている可能性は否定できません。

――実はダリは見抜いていた。

――ダリ？　ダリってあのダリ？

――あのダリ。「ラス・メニーナス」はさっきも言ったように、多くの人を惹きつけたんだ。同業者の画家たちにも大きな示唆を与えた。自分なりの「ラス・メニーナス」を描いた画家は多くて、ピカソの連作が有名だけれど、ダリも描いている。ダリは、「ラス・メニーナス」に描かれている人物を全部、数字に置き換えた絵を残していて。

――数字に置き換える？

――中央のマルガリータ王女は「8」の形で描かれ、犬は横に長くなった「2」だ。

私にはいまいち想像ができませんでしたが、のちにダリの画集により確認しましたので今は頭に浮かべることができます。いえ、嘘をつきました。兄が知っていたということは、私もそのとき頭には絵が浮かんでいたはずです。

――それが？

――キャンバスに向き合い絵を描くベラスケス自身の姿は「7」に置き換えられている。そして、いいか。

――いいよ。

――ドアのところのホセ・ニエト・ベラスケスも「7」なんだ。

――同じ7？

――数字がダブって使われているのは、7だけなんだ。ベラスケスとホセ・ニエトだけが同じ数字で描かれている。ダリはたぶん直観的に見抜いていたんだ。両者が同じことを。同じ見た目の、違う存在、俺とおまえのような。

その時の私は、へえなるほどね、程度の関心を覚えましたが、よくよく考えてみましたら、ダリは各人物の姿や姿勢を数字に見立てているわけで、単に、パレットを持つベラスケスやドアに立つホセ・ニエトのフォルムが、「7」で置き換えやすかっただけ、と考えるのが自然かもしれません。

——あの絵の中のホセ・ニエトはどんな絵を見ているんだろう。

兄はまた言いました。作中のベラスケスがキャンバスに描いているのは何の絵なのだろうか、と。

——王と王妃なのでは。

——おおかたの意見では。

——あ、もしかすると、「ラス・メニーナス」自体が描かれているかもしれない。

私は言っていました。「ラス・メニーナス」の中のキャンバスに、「ラス・メニーナス」の絵が描かれているのだとすれば、それは「ラス・メニーナス（作中作）」と記すべきかもしれませんが、その「ラス・メニーナス（作中作）」の中のベラスケス（作中作）もキャンバス（作中作）に向き合っているはずですから、そこにもまた、「ラス・メニーナス（作中作内の作中作）」が存在し、さらにその中にも……と入れ子構造となっていることになります。

作中作や無限構造といった趣向はさほど新しくはないでしょうが、ベラスケスがそれをやらなかったとも限りません。

私が話しますと、兄はうんうんとうなずきます。

――ベラスケスは鏡が好きだったと言っただろ。

――手鏡をいくつか。

――複数の鏡を合わせ鏡をすることで無限に映りこむ現象も知っていたはずだ。だとすれば、おまえの説も。

――説なんてたいしたものではないよ。実際のところは、何も描かれていないかもしれない。どちらにせよ、あの絵の中のキャンバスに何が描かれているかなんて永遠に分からない。

――ベラスケスの中のもう一人のベラスケスだけがそれを見ている。

兄をふと見れば、その姿の輪郭がおぼろげになり、気取ったモデルのように姿勢が曲がりはじめ、数字の7になっているのでした。

キャンバスに何が描かれているのか知りたいと改めて思いました。

7を長針が指した時に警報が鳴りました。室内の警報表示が光り、目覚めた獣が咆哮し、土地を破壊するかのような喧騒に溢れます。

私と新渡戸三佐は頭で認識するよりも先に動きはじめました。

さまざまな思いがいっせいに浮かんでいます。「スクランブルだ！」「行くぞ」「急げ」といった気持ちが混ざり合い、頭の中のパレットを埋め尽くし、大きな一つの色となっているのです。

ハンガーへ飛び出しました。一刻も早く飛ばなくてはなりません。防空識別圏を越えた他国の戦闘機は、私が走っているあいだにもマッハの速度で向かってきているのです。

アラートハンガーにはF-15Jが待っており、整備士がすでに準備をしていました。彼らはいつだって機体が力を十全に発揮できるよう、繊細に気を配ってくれているのですから頭が上がりません。彼らがいてくれてこその私たちです。一人ひとりがおのおのの役割をこなす、という意味では脳内のニューロンと同じでしょう。

タラップを駆け上がり、飛び乗るようにコクピットに腰をおろしました。ベルトを装着し、キャノピーを閉じます。ヘルメットをかぶり、スイッチを押して整備士への合図を行い、そのあいだも指示が無線で次々入ってきます。

右のエンジンを点火しますと機体が高い声を発し、湯が沸騰し続けるかのような非常に大きな音が鳴り出し、機体が脈動をはじめました。続けて左エンジンを動かします。

外にいる整備士と交信しながら点検を終えると手を振る誘導に従い、タキシングしながら滑走路に出ていきます。翼があるにもかかわらず、飛ばずに移動する戦闘機の姿はどことなく可愛らしく——ここだけの話ですが——少し滑稽にも思えるのでした。

前を行く新渡戸三佐の機体の後部、エンジン排気口からの熱で空気は揺らぎ、ゆらめき、そこにあるはずがないもの、あってはいけないもののように見えます。

滑走路の端に辿り着けば、まっすぐ伸びる滑走路の向こう側に空が広がっていました。濃淡のない美しい青一色で、巨大なキャンバスに描かれた背景のようですし、滑走路が地平線の消失点に消えていく様は、遠近法を用いた絵画そのものです。まさに〝遠近法こそ道標〟を地で行く光景です。

F‐15Jが飛び出し、高度を上げる時、私はあの青に突き刺さるのではないかと思ってしまいますが、どこまで飛んでも辿り着けないことも知っています。キャンバスはいくら手を伸ばしても、奥行きがどんどん広がり、決して触れられません。

新渡戸三佐のF‐15Jのジェットエンジンの排気口が、かっと橙色に照り始めました。二つあるため、後ろにいる私からは見開かれた瞳にも見えます。

新渡戸三佐の機体の周辺は熱せられた空気により輪郭が溶けはじめ、陽炎に包まれ、あっという間に飛び立ちました。

ベラスケスの絵に顔を近づけた時の感覚を思い出します。

キャンバスに近づくとベラスケスに描かれた人物たちは輪郭がぼやけました。離れて見ているときにはドレスにはドレスの質感が、花飾りには花飾りの、肌には肌の、本物そのままの質感があったはずが、荒っぽくも不規則な筆の跡に分解されていくのです。のちに美術史家が断言したベラスケスの天賦の才「色調の真実」が、つまびらかになり、じんわりと滲み、やはりあれも陽炎に似たゆらめきとなりました。

新渡戸三佐の機体が空に消えるとすぐさま私は最終チェックを行い、キャノピーが閉じていることを再確認し、スロットルを動かします。

機体が発進すると私の体は地球に引っ張られ、シートに押し付けられます。滑走路の直線が機体の真下を猛スピードで消えていき、視界から地平が消えたと思った時には私は弾かれた銃弾のように空に飛び込んでいるのでした。

フラップと車輪を格納し、その後で三百五十ノットで上昇を続けます。水平飛行となったところでレーダーサイトからの無線が、目標機の方位、距離、針路などを伝えてきました。了解《ラジャー》の返事をし、私は機体を指示された方向へと旋回させ、新渡戸三佐の機体と並びます。

無事に帰ってこられますように。私はいつもそう願わずにはいられません。私の命がどうこう、一機百億円以上の機体がどうこう、という問題ではありません。無事に帰ってくること自体が重要な任務の一つなのです。

レーダーが目標機体を探知し、レーダーサイトへ報告した後で目視するために加速させました。

いくら飛び続けても青い空は消えません。抱擁されるようにも、放任されているようにも感じます。

まわりはどこまで行っても空だけですから、轟音を立てながらキャンバスを切り裂くような速度を出しているにもかかわらず、しんとその場に停止している感覚です。私は高速で空に線を引き、同時に、ただ浮遊しています。

——速度を上げていくと、主語が消えていくんだ。

十年前、兄が言葉に問えながらその話をしてくれましたのは、二人で道を歩いている時でした。昼前ではありましたが夜が明けたばかりの雰囲気があり、空から乳白色の靄《もや》が漂っている様子で、私たちの歩みも柔らかい土地を歩くような、ふわふわとしたものです。

兄の言ったのは、シュルレアリスムのはじまり、かの有名な「自動記述」に関することでした。

書く内容を用意せず、ただひたすら文章を書いていく、しかもその速度をどんどん上げていくとどうなるか、という実験ですが——想像するだけでもろくなものは出来上がらないように私は思いますが——速度が上がるにつれ、文章中の主語「私」が減っていく傾向があったことは、みなさんも学校で習ったのではないでしょうか。まず、「私」が消えまして、次に「彼」や「彼女」といった主語が次第に減っていきます。かわりにどうなるのかといえば、「不特定多数の人物」の言葉が出てくるというわけです。

——不特定多数の人物。

私は復唱します。

筆記の速度を上げていくということは、ろくに考えないで出力していくことになります。頭が忙しくなると、主語が消えて、不特定多数が出現するということでしょうか。

――面白いよな。まさに今の虎騒動に包まれた町の状況と同じじゃないか。

兄はそう言いながら、どこからか肩に舞い落ちました白い花びらを、指でそっと摘み、そっと落としました。

――いや、主語は消えていないよ。むしろみんな自分のことしか考えていない。自分ばっかりだ。自分だけは虎から守ってもらいたい。俺は助かりたい。そればっかりだ。そして反対にこの町以外の人間は。

――虎が虎が、ばっかりだな。ただ、虎が見つかって良かった。それは間違いない。これで一安心で騒動も終わる。

兄は言いました。一方の私は、

――どうしてみんな、もっと猟友会に感謝しないのだろう。

と言っています。

――もちろん、感謝はしているだろう。ただ、猟銃なしでも解決できたのも事実だろ。

もしかするとまだみなさんにはお伝えしていなかったでしょうか、残りの一頭はその前日に見つかっていたのでした。ええ、そうなのです、私たちの町は、いつ首筋に牙が襲いかかってくるのかという恐怖から解放されていました。音を吸い込むような朝の空がひときわ清清《すがすが》しく見えるのは、そのためです。

いったい虎はどこにいたのか。民家の庭です。田畑や里山の広がる地域の、立派な瓦屋根を備えた家の敷地でした。広い農地を持つその家の主人は少し前に他界していたのですが、残された若い内縁の妻とその娘が二人で住んでいました。

その庭に虎が現れ、彼女たちは餌をやりました。動物園で人間に飼われていた経験が虎にもありましたから、餌をもらうことは自然なことだったのかもしれませんが、それにしてもよくあげたものです。さらに彼女たちはその虎を、庭にあるケージの中に入れることに成功しました。昔飼っていた大型犬のためのケージが、そのままにしてあったのが役立ったそうです。

さてそこから彼女たちが警察に通報したのであれば、まだ理解できる範囲でしょうが、彼女たちはそうはしませんでした。野良犬を可愛がるかのようにそのまま飼いはじめたのです。

のちの検査により、妻は脳の器質的な問題を抱えており、物の形を正しく認識することができないことが判明しました。彼女からすれば、虎も猫も区別がつかなかったのです。猫と確信しているがゆえに恐怖もなく、誰かに迷惑をかけることも想像していなかったわけです。「危険な動物の飼養及び保管に関する条例」を知るはずもありません。

猫だと誤認していたのならば、猫を庭のケージに入れるのは妙だろうと私も思いはしますが、彼女の脳の中では何らかの辻褄合わせが行われていたに違いありません。

幸いだったのは、庭師が営業にやってきたことです。そうでなければ、発見はもっと遅くなったはずです。

訪問した庭師が庭を見せてくれませんかと頼んだところ、女性はもちろん虎ではなく猫だと思っていますから隠す必要もなく、どうぞどうぞと案内しまして、その結果、庭師が腰を抜かし、震える手で警察に電話をかけることになったというわけです。

猟友会と警察が駆けつけ、虎を保護することに成功しました。緊張の続く接戦にようやく試合終了の笛が鳴ったようなものです。町をぎゅうぎゅうに締め付けていた紐が解かれ、安堵をたっぷり含んだ空気がふわっと溢れ出ました。地元のテレビ局や新聞がいっせいにそのことを報道し、外出禁止令は解除されたのです。

市内の飲食店は賑わうことになりました。私と兄もまさにその賑わいの一員だったのです。駅前の居酒屋に行き、その店が閉まった後は二十四時間営業のファミリーレストランに入り、そこで朝を迎えまして、さらに昼近くまでふらついた後、家に帰るためにその道を歩いているところでした。

——虎がつかまって、青池さんたちはどう思っているんだろうな。

——そりゃ、ほっとしているんじゃないのかな。

——そうか？　やっぱり虎を撃ってみたかったんじゃないか。せっかくの機会を失って、がっかりしているかもしれない。

ったじゃないか。

——まさか。昨日のテレビにちらっと映った猟友会の会長は心底ほっとしたかのような表情だ

——みんながみんな、自分と同じ感覚だとは思わないほうがいい。常識を考えろと叫ぶ人間の常識がまず、うさんくさいんだから。世の中には戦争好きな人間だっているだろう。

夜通しで外出していたことで頭の中は若干、朦朧《もうろう》としていましたが、戦争を好んで起こしたい人物がなかなか想像できず、私はうやむやに返事をするだけです。

——多くの生命を粉砕し、多くの存在を蹂躙《じゅうりん》し、幾多の夢、幾多の歓びの期待、幾多のあこがれの幸福に終止符を打つのが、戦争だから。

と兄が言うのが聞こえました。モーパッサンの小説からの引用です。戦争経験のあるモーパッサンは首尾一貫、戦争に関する恐怖をひっそりと、時にあからさまに作中に込めていますが、そのことが——先生からの勧めがあったとはいえ——兄の好みと合致していたのでしょう。

私はと言いますと、その時よりも、今の仕事に就いてからの方がモーパッサンをよく読みます。〝幾多のあこがれの幸福に終止符を〟打つ戦争だけは起きてはならない、そのために自分が働いていることを確認したくなるからかもしれません。

私たちはそのあと少し話を続けたのですが、向かい側から見知った人物がやってきました。ここからです。ここからが私にとっては重要な、厳重に保管しながらもしばしば解錠せずにはいられない思い出の場面となります。

——これはこれは布瀬さんじゃないですか。

ベストを着ておらず、帽子も被っていないのではじめは誰なのか分かりません。柔らかいベージュ色のジャケットを着ていました。肩にかけているケースはずいぶん大きく、サーフボードでも入っているようですが、猟銃が入っているのだろうと見当がつきます。

——青池さん、おはようございます。ついに終わりましたね。虎の騒動が。

——良かったですよ。良かったといえば、これほど良かったことはないですね。ただ、みんな薄情なものです。虎さえ捕まってしまえば、猟友会は危険物扱いで、さっさと解散して家に帰ってくださいといった具合でした。昨晩も、猟友会だと分かった途端、居酒屋の空気が悪くなったほどでしてね。会長は苦情や脅迫で精神的にぼろぼろになってしまったというのに、ひどいものです。

青池聡の目のまわりには隈ができていました。

——何日も、夜の巡回をしてくれていましたもんね。

私が言いましたのは決してその場しのぎのねぎらいではなく、実際に感謝していたからでした。

——夜行巡査が使命のために亡くなる話を思い出しましたよ。あのおわりを。ただ私は結局、何もできませんでした。

——何もということはないでしょう。

――いえ、本当の意味で、会長たちのつらさを共有できませんでした。やはり彼は、自分が騒動の渦中にいないと感じていたのでしょうか。

――これから、ご自宅に帰られるんですか？

――直通バスがそろそろ来ますからね。

――ええと、それを担いでいて乗れるんですか。

青池聡は自分の肩に目をやるようにした後で、ケースをゆっくりと下ろしました。重いのかしらと眺めていますと、ためらい一つ見せずファスナーを開きはじめましたので、これは鍵盤楽器ですよ、とでも言うのかと思いましたが、隙間から覗いたのはどこからどう見ても猟銃でした。

――危なっかしいからしまってください。

誰かに見られたら大袈裟に騒がれるかもしれませんよ。私は笑いながらお願いします。

青池聡は無言で、私たちに視線を向けてきました。白けているようにも怒っているようにも見えますが、そのうち彼の目は強張りはじめ、正気を失うかのようにかっと瞳を剝き出しにするものですから、こちらは、ぎょっとせずにはいられません。

――一体全体、どうしたんですか。

彼の動きは滑らかでした。ケースから銃を取り出しますと、あれよあれよというまに猟銃の発砲準備をしているではないですか。

私の脳ではいくつもの神経が連続花火のように光りました。状況が飲み込めないがゆえに、頭の中が真っ白です。

青池聡の構えた銃の口が私たちを捉え、凝視していました。

——目標機体を確認しました《Target confirmed》。

目視で確認できる位置まで飛んできた私は、目標機体の特徴と具体的な位置を伝えます。

——了解。通告せよ。

管制官から指示が出ましたので、私は操縦桿を指で軽く倒し、F‐15Jを傾けて空をすべるように斜めに移動して相手の機体に接近します。空は無限と言えるほどに広大であるにもかかわらず、ちまちまと戦闘機同士が接近しなくてはいけないのは、がら空きの映画館の客席で、他人同士が並んで座るようなものです。

——通告する。我々は日本の航空自衛隊である。君たちは日本国の領空に接近している。ただちに進路を変更せよ。

私はメッセージを——英語で——伝えます。君たちは日本の領空を侵犯している。誘導に従え。対象機の国籍はすでに判明しています。予想通り、相手からの反応はないため、私たちはカメラ撮影をするためにさらなる接近を行います。

青い空があまりに美しいことに油断してはなりません。そこには私と新渡戸三佐、他国のパイロットの三人しかいないのですから、絶景を少人数で独占するような気持ちで――仲間意識を覚え――心の網を緩めてしまう可能性があります。それはいけません。

改めて言うべきことではないかもしれませんが私の機体が積んでいるのは、ミサイルや燃料と、そして、いつどちらに転んでもおかしくない、やじろべえです。目に見えぬそれは、争いを避けるために繊細なバランスを保ちながら揺れています。国と国の問題、特に領土問題は、さまざまな駆け引きと鍔迫《つばぜ》り合いによって、ぎりぎりのバランスを取っていますから、私が操作を少し誤るだけで、やじろべえは倒れるかもしれないのです。

相手の機体は変わらず無反応で、私たちは通告を繰り返しました。

私は操縦しながらカメラを準備し、対象の機体の撮影をはじめます。コクピットのパイロットがこちらを見てきました。

ああ。私はカメラを少し脇に避けています。ヘルメットを被り、操縦桿を握る相手がじっと見つめてくるように感じたのです。

彼にいったいどのような命令が出ているのかは知りません。たしかなのは、彼が彼自身の目的で――人として――戦闘機を飛ばしてきたわけではない、ということでしょう。

彼には彼の任務があり、私には私の任務があり、やはり私たちは、発火して信号を出す神経にすぎません。彼は国の一部で、私もそうでしょう。

地上から三万フィート離れた、まさに地に足をつけることもできない場所で、やじろべえを倒さぬように精一杯に神経を尖らせ、彼と私で繊細な手順の儀式を行うのです。

青池聡が猟銃を構えているのは、儀式か何かのようにも見えました。日差しが先ほどよりもくっきりとした眩しさを周囲に跳ね返らせています。もともと表情に乏しい人でしたが、しっかりと銃を向ける格好には真剣さが滲んでおり私は頰をひくつかせながら、

——落ち着いてください。

と言いました。

青池聡との距離は五メートルほどです。散弾とはいえ、それほど弾は広がらないのでしょうが、それにしても撃たれたら一巻の終わりです。

一方通行の細道で低層のマンションや木造アパートが並び、昔からの建具店も近くにありました。

——誰か通りかからないものだろうか、それなら助けを求められるだろうに。

そう思う一方で、誰かいたら危険だという思いもあります。

——青池さん、落ち着いてください。

私は力のこもらぬ舌をどうにか動かし、そう言おうとしました。どうして私たちを撃たなくてはいけないのか。おかしくなっちゃったんですか？　何がどうなっているんですか。もしくは先ほど兄が言った猟友会に対する偏見が耳に入り、我を忘れたのでしょうか。それならば謝

ります。

銃を顎と肩で固定するようにした青池聡が首を動かしたのは、そこでです。くいくい、と顎をしゃくるようにしました。威嚇をしているのでしょうか？

いえ、違いました。

どけ、という合図だったのです。

なぜそのような深刻な顔で、どけと命じてくるのか、すぐには察することができませんから、

——何が？　どうして？

と首をひねってしまいました。兄と顔を見合わせますが、兄も首を傾げています。青池聡の顔をもう一度見て、その視線の方向へ、背後を振り返りました。

道を横断中の虎が、そこにいました。

私の脳はそのことを認識したにもかかわらず、なかなか受け止めることができません。脱走した二頭は捕まっていると思っていましたので、もう一頭脱走していたのか、と解釈する自分と——動物園が逃げた頭数をごまかしていたのかと疑いました——、すでに虎の脅威は去ったのだからこれは虎に似ているものの別の動物なのでは、と辻褄を合わせる自分とがいます。

体が強張り、足が地面に埋まったかのようになりました。心拍数が上昇すると同時に、全身の毛が逆立ちます。

虎は非常に大きく見えました。骨ばりながらも弾力を感じさせる体は、砂埃をまとっていました。腹の皮は少し垂れています。

——逃げたのかも。

兄が洩らしました。

——え。

——昨日、捕まえたはずなのにまた逃げたんじゃないのか。

そんなことがあるとは思えませんでした。さすがに動物園関係者も今回のような騒動は懲りのはずですから、捕獲した虎の扱いには神経を尖らせていたはずです。捕まえた当日にまた脱走されるようなへまはしないでしょう。のちに、猟友会のメンバーが故意に虎を逃がしたことがニュースとなり、そのためにまた陰鬱になる出来事がいくつか発生するのですが、それについてはここでは述べません。みなさんが気にかけるべきは、私たちのいる細い道を、虎が横断しようとしていたというそのことです。

虎は私たちに気づいたからか歩みを止め、顔をこちらに向けました。あたりから音が消え、私たちは身じろぎひとつできず、それこそ、肖像画を描かれるモデルのように静止していました。

もう一度青池聡のほうに顔を戻したところ、銃口を虎に向けたまま彼も固まっていました。まだそこに彼がいたことに、今度はほっとしている自分がいます。ただそこで青池聡のほとん

ど動かぬ唇から、

――どうせここで撃っても。

と呻くような小声が聞こえてきました。

――誰か犠牲者が出ないと、世間のやつらは分からない。

そう言う彼は目を見開き、虎を睨みつけています。

私と兄を中間地点にするように、虎と青池聡がじっと向き合っていました。静寂に包まれ、呼吸すらためらわれます。

その時、思いもしないことが起きました。

横の建具店の引き戸ががらっと急に開いたのです。

大きな音は鳴らなかったのですが、敏感になっている虎には十分すぎる刺激だったのかもしれません。道路に映っていた影が小さくなったのが分かり、振り返った時には虎が兄に覆いかぶさっているではないですか。

私は叫びました。

地面に倒れ、爪の伸びた足で押さえつけられているのは、私と同じ顔です。

青池聡の舌打ちが鳴り、そのすぐあとで轟音が――すさまじい速さで鉄槌が打ち下ろされるような音が――響きました。

――弾が虎に当たっていますように。

期待はあっさりと裏切られます。虎は少し離れた場所に飛び退いただけで、無傷なのは明白でした。よろける気配すらありません。倒れたままの兄は、顔を近づけた私に一言二言、途切れ途切れに言葉を発しました。

はっと顔を上げれば、虎と青池聡はまだ同じ姿勢でそこにいます。

さらにそこにはもう一人、別の人物も立っていたことをお伝えしなければなりません。

つい先ほど、建具店のドアが開いたことはみなさんも覚えていらっしゃいますでしょうか、そこから出てきた、ひょろっとした体型の中学生です。

彼は扉のような、畳を一回り小さくしたものを両手で持っていました。

猟銃を持った男と虎に挟まれているのですから、彼の脳もまた現実を受け止められずにいたはずです。青褪め、目を白黒させ、呆然と佇立《ちょりつ》しています。次に襲われるのは彼にしか思えず、私は声を空焚きするかのように喉を震わせました。大した声は出ませんが叫ばずにはいられません。

ただ予想に反し、虎は中学生には飛びかかりませんでした。

中学生をじっと見たまま背中を少し丸め、威嚇する表情になったのです。うなりながら警戒していましたが、先ほどまでとは違う狼狽を浮かべているので、私のほうがうろたえてしまいます。

中学生が抱えている物が、鏡であることに気づいたのはその後です。彼は学校ではそれなりに反抗的な態度を取る生徒だったのでしょう、校内で悪ふざけのすえに鏡を割ってしまい、それを直してもらい、持ち帰るところでした。割に合わない罰を受けていたわけです。

虎は、道に突如として現れた自分と同じ虎の姿に当惑していました。威嚇すべきか、親しみを感じるべきか悩んでいたのかもしれません。

もう一回、銃声が鳴ります。

耳が痺れるような響きに、私はとっさに目を閉じました。そのまま時間が止まった感覚に襲われましたが、しばらくすると生き物の倒れる音がし、やがて恐る恐るまぶたを開いた私の目には、銃を構えたままの青池聡の姿が飛び込んできます。

彼は人形のように固まっていました。

今までに見たことがないほど苦しげに顔を歪め、眉は少し下がり、誰かに同情するか、もしくは誰かを嫌悪するか、そういった表情でした。

中学生が先ほどとは反対方向に体を向けて、つまり青池聡に鏡を見せる格好になっていました。

青池聡は銃口を突き出したもう一人の自分と向き合い、体を震わせています。私の体もがたがたと震えています。目を逸らすと視界の隅には、息絶えた虎の体が今にも動き出しそうな生々しさを残しながらも横たわっているのでした。

F‐15Jのコクピットに座る私の顔を、太陽の輝きが触ってきます。

みなさんのご想像通り、虎騒動のあと、青池聡は非難を浴びることになります。もちろん彼の行動を評価する声もありました。少なくなかったといえます。命を救われた私も彼を擁護すべく行動したつもりです。ただ先に述べましたように、人間は〃幸せそうな顔よりも怒った顔を目ざとく見つける〃ものですから、理不尽な批判の鏃《やじり》は彼に刺さったのでしょう。その後で彼がどうなったのかはここでは言いませんが、それ以降の私は、

――人間よりも虎のほうがよっぽどいいですよ。

という言葉を幾度となく思い出すことになります。

彼を糾弾し、押し潰したのは虎ではなく人間でした。そういう意味では彼の言葉はある種の正しさを持っていたのかもしれません。ただ一方で私は、私の命を守ってくれたのは、人であるところの彼だということも考えずにはいられませんでした。

それからというもの、私の内なる壁には、一つの絵がずっと架かっています。

不定形のそのキャンバスには、銃を構えた青池聡が描かれています。彼は鏡と向き合い、自らの姿に青白い顔色をしていますが、その彼を多くの人が取り囲んでいます。人の顔は様々で、私自身もいれば先生もいました。大胆なタッチで荒々しく塗られたその絵は、遠ざかれば、たしかな実感を持った光景となったはずです。

男が不公平なジャッジにより皮を剝がれてしまう場面に見えました。かと思えば、思慮深い

人々が、武器を持った男の暴走をたしなめる場面に見えました。神話画だと言われればそうとしか思えませんし、写実的に切り取られたものだと言われれば、やはりそうとしか思えません。

絵の前にじっと向き合い、あるがままに受け入れることができず、私はひたすらその絵を解釈しようとしました。解釈はしょせん解釈にすぎません。鑑賞者はいつまで経っても部外者です。青池聡はこのもどかしさを抱えていたのでしょう。彼は最終的には絵の中に入り、当事者となったと言えるのかもしれません。そして私は自分を助けてくれた青池聡のためにも、絵の中に足を踏み入れたくなり、気づけば、この仕事を選んでいたのです。

コクピット内で撮影を続ける私の視線の先に、戦闘機のパイロットのヘルメットがありました。お互いに顔を向け合うような形です。

——どこかで見たことがある。

と私ははっとしました。

スクランブル発進を繰り返す中で、たびたび目にする機体はあります。雰囲気を覚えている他国のパイロットもいます。ただ、今その相手から受ける印象は、そういった、「どこかで見た」とは種類が異なっていました。

目を細めて見つめていますと、相手の機体が日差しに撫でられ、白い輝きにうっすらと滲みます。遠くに見える棚引く雲のかすれ具合は、光に削られた擦過傷《さっかしょう》のようです。

眩しさが通りすぎた後も、パイロットは私を見ており、私が彼に送る視線をそのまま返してきているようでした。

それは私でした。いや、兄と言うべきでしょうか。

ヘルメットを被ってはいますが、鏡で時折見かける私自身の姿にそっくりだったのです。

私は感嘆しますが、その直後、意思より早く、脳の運動野の細胞が、脊髄と腕の筋に電気信号を送る活動電位を放出しました。

私は右手を挙げています。何を思っての挨拶だったのかは私自身も分かりません。そうせずにはいられませんでした。

相手パイロットが手を挙げ返してきたのは、ほとんど同じ時です。彼が挙げたのも右手でしたから、おかげで私はそれが鏡に映った自分ではないと判断することができます。

――人間よりも虎のほうがよっぽどいいですよ。

青池聡がまた私の耳元に言ってきます。

今の相手パイロットの反応を思い出す私の頭の中では、例によって、いくつもの思いが混ざり合い模様を作っています。太陽がまばゆい斜光で、相手の機体をぼかしていきます。

基地に戻ってきた私は機体から降り、新渡戸三佐から、ごくろうさまと労われます。スクランブル中の情報を報告しなくてはならず、お互いに話を交わして情報を交換しました。

一度スクランブル発進をすれば、次の五分待機状態は別のペアと入れ替わりになりますから、ひとつ役割は果たしたといったところです。やじろべえを落とさずに国の領空を守り、憎しみや「沽券に関わるからやっちまえ」といった感情に口実を与えずに済んだことに私は安堵します。

並んで歩いていますと新渡戸三佐が、

――うちの小学生の息子が今度、俺の仕事について学校で発表するんだと。

と言ってきました。

――それは楽しみですね。

――どういう話をしてくれるんだか。

私たちの職務については専門家でも人によって意見が異なりますから、子供がどのように見ているのか、ぜひ知りたいところです。もしかすると鋭く本質を見抜いてくるかもしれません。

――俺と違って、緊張しやすいのか大勢の前で喋るのは苦手なんだがな。

閊えながらしか喋ることができなかったものですから、私も得意ではありませんでした。ただ、言葉がすべてではないことを、言葉がすべてを言い表してはいないことを今は知っています。

――あの、お子さん何人いるんですか？

結婚の回数も含め、そう確認したかったものの、新渡戸三佐は整備士に呼ばれて行ってしまいました。あとでまた質問しようと思いつつも、わざわざ訊ねることでもないように感じます。

私は一人、ロッカールームに向かいます。

戦闘機に乗っていたときのGが残った体でロッカールームのドアを開きましたが、中に足を踏み入れ、そこで私は棒立ちとなります。

ドアを跨いだそこはロッカールームだと思っていました。そのことに疑問を抱く必要がないほど当然だと感じていましたから、見慣れぬ光景が広がっていることがまず受け入れられません。

天井の高い部屋です。派手な装飾はなく古めかしく、格調の高さを感じます。部屋の中央には人が大勢いるものですから、私はますます混乱するのです。

パーティでもしているのかと思いました。笠状に開いたドレスを着た女性が――少女ほどの年齢でしょうか――背筋を伸ばし立っており、その両脇にはやはりドレス姿の髪を巻いた少女が二人バレエでもはじめるかのように中腰でいます。修道女のような格好の女性が私から見て左手に、黒い服の者と並び、なにやら話をしていました。

ここがどこなのかは、右方向に立つ黒い衣装の男が少し体を傾け、高さ三メートル近くはあるでしょう、巨大なキャンバスに向かっているのを見て、ようやく察しがついた次第です。

背後のドアの位置から動けないでいる私に、彼らは気づきません。

――ああ、ここからなら見える。

幸いなことに私は、戦闘機パイロットになるほどですから視力は良いのです。しかもキャンバスはとても大きく、何が描かれているのかを見ることは、さほど難しいことではありません。

パレットを持つ画家は私に背を向け、対象を観察してはキャンバスに絵筆を走らせるという作業を——一度だけ、垂れ下がる録音器具《マイク》を気にするように視線を上にやりましたが——ひたすら繰り返しています。

できあがっていく絵を見ても、それが何であるのかはなかなか分かりません。大きなキャンバスに人物の顔が浮かび上がっていくのを私はただ見つめます。

時間が経過して出来上がりつつあるのは、間違いなく私の知らない人物でした。ただ、それが誰であるのか正体は予想できました。あなたです。画家は、「色調の真実」をキャンバスに刻むために筆を走らせています。これで、あなたの顔を知ることができそうです。

参考文献

『スポーツメンタルトレーニング教本　三訂版』（日本スポーツ心理学会編／大修館書店）
『生きるための安楽死』（シャボットあかね著／日本評論社）
『私の夢はスイスで安楽死　難病に侵された私が死に救いを求めた三十年』（くらんけ著／彩図社）
『金曜日の本』（ジョン・バース著、志村正雄訳／筑摩書房）
『山椒大夫・高瀬舟　他四篇』（森鷗外著／岩波文庫）
『浮気な国王フェリペ四世の宮廷生活』（佐竹謙一著／岩波書店）
『宮廷人ベラスケス物語』（西川和子著／彩流社）
『人間らしさとはなにか？　人間のユニークさを明かす科学の最前線』（マイケル・S・ガザニガ著、柴田裕之訳／インターシフト）
『反解釈』（スーザン・ソンタグ著、高橋康也訳、由良君美訳、河村錠一郎ほか訳／ちくま学芸文庫）
『モーパッサン短篇選』（ギ・ド・モーパッサン著、高山鉄男編訳／岩波文庫）
『神々の沈黙　意識の誕生と文明の興亡』（ジュリアン・ジェインズ著、柴田裕之訳／紀伊國屋書店）
『SCRAMBLE! DVD 航空自衛隊60周年記念ＤＶＤ』辰巳出版

初出

ボート　「新潮」二〇一四年二月号

鏡　「新潮」二〇一六年六月号

単行本化にあたり、加筆修正を行った。

Cover/Diego Rodríguez de Silva y Velázquez,
Las Meninas より

ボートと鏡《かがみ》

発　行　2024年11月30日

著　者　内村薫風《うちむらくんぷう》
発行者　佐藤隆信
発行所　株式会社新潮社
〒162-8711　東京都新宿区矢来町71
電話　編集部　03-3266-5411
読者係　03-3266-5111
https://www.shinchosha.co.jp
装　幀　新潮社装幀室
印刷所　大日本印刷株式会社
製本所　加藤製本株式会社

乱丁・落丁本は、ご面倒ですが小社読者係宛お送り下さい。
送料小社負担にてお取替えいたします。
価格はカバーに表示してあります。
ISBN 978-4-10-339462-4 C0093

大使とその妻（上・下）　水村美苗

大使夫妻はなぜ軽井沢から姿を消したのか。隣人のアメリカ人翻訳者によって、古風で典雅な夫人の半生が明かされてゆく。「失われた日本」への思慕が溢れる新作長篇。

ウミガメを砕く　久栖博季

響き合うアイヌの血脈。癒やし難い生の痛み。地面から滲む歴史の声。〈内なる北海道〉と向き合い、恩寵の一瞬を幻視する大型新人デビュー！　三島由紀夫賞候補作。

常盤団地の魔人　佐藤厚志

団地の僕たちは、どうしてあんなにバカで痛くてゴキゲンだったんだろう。喘息持ちの気弱な少年が、悪ガキの世界へと踏み出す小さな冒険の一歩。芥川賞受賞第一作。

グレイスは死んだのか　赤松りかこ

深山で遭難した調教師の男とその犬グレイス。人と獣の主従関係が逆転する鮮烈な一瞬とは？「シャーマンと爆弾男」（新潮新人賞）を併録する新星のデビュー作。

ミチノオク　佐伯一麦

天変地異に見舞われながら、ミチノクの人々はひたむきに生きてきた。旅で出会う様々な人生の曲折を、同じ東北で暮らす作家が還暦を迎えた自身と重ねて描く小説集。

海を覗く　伊良刹那

海を見た人間が死を夢想するように、少年は彼に美を思い描いた——同級生の「美」の虜になった高校生、その耽美と絶望を十七歳が描く新潮新人賞史上最年少受賞作。